論文Easy寫

告訴你撰寫論文的眉眉角角

HOW TO COMPLETE YOUR THESIS IN
AN EASY WAY

邱珍琬 ———— 著

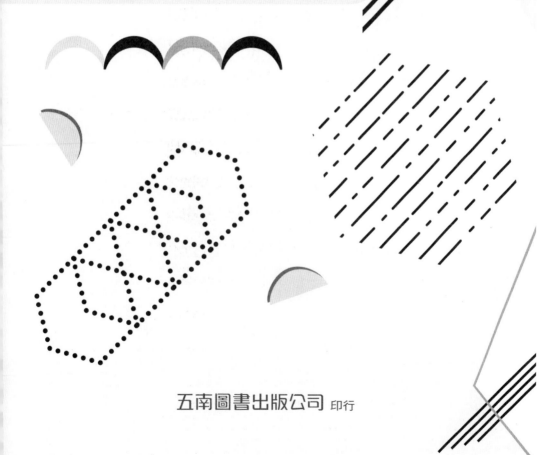

五南圖書出版公司 印行

自 序

　　很早以前就想要寫這一本書，希望用很平易近人的方式來讓研究生和大學部的學生知道如何完成他們的論文或者是專題。最近碰到一個對於論文非常恐懼的研究生，她第一次做專題研究，被上一位老師當掉，除了她聲稱的恐懼論文之外，該師還認為她態度極為惡劣，不出席之外，在演說場合還會做一些不合宜的動作。因為「專題研究」是研究生的必修，因此這個學期輪到我擔任她的專題老師，但是整個學期她只出現兩次。第一次是我針對專題研究的要求做說明的時候，第二次她告訴我她非常害怕做專題，之後就沒有再出現。只是每次在系裡或在校園裡看到這位學生的時候，就不免讓我思考：如果她不能夠完成論文，那麼她為什麼要繼續待在研究所裡？如果她知道自己不能夠順利畢業，又為什麼不願意去碰專題研究？「專題研究」是我們系所對於碩一學生的要求，主要目的是協助學生開始學習論文的寫作，因此從Part 1「前言和動機」開始，到Part 2的「文獻整理」，其實對學生的要求並不多，接下來才會進行到第三章的「研究方法與過程」，就論文而言，已經協助學生完成二分之一了。

　　專題研究還可以協助學生去投稿專業期刊，滿足他們畢業的門檻，許多學生在專業研究的嚴格要求之下，或許不能用前兩章（研究動機與文獻整理）來獲得刊登的機會，因此許多老師還趁著課堂教學的要求，讓學生完成投稿、獲得刊登的機會，這也符合了系所的

要求。只是，學生就是學生，不一定明白系所與教師爲何這麼做的理由。

市面上不少指導論文完成的書籍，基本上是用很制式化、教科書的方式寫作。這不是一本論文寫作的工具書，這本書希望用比較平易近人、散文敘述、甚至以舉例的方式，來協助學生了解整個論文寫作過程以及可能遭遇的挑戰，希望可以緩解論文寫作者的一些焦慮與疑慮，也希望能夠藉此協助讀者完成有質感的論文，因爲對許多人來說，碩士論文可能是自己一輩子唯一的著作。我在全文中拿自己寫的論文草稿做舉例，主要是做說明之用，而不是範本舉隅，我也不是撰寫論文的高手，投稿也常常被退稿或需要做許多修正。

目前我們國家的要求是必須在完成碩博士論文之後，將論文電子檔傳輸到國家圖書館的網站上，供一般民眾覽閱，因此許多學生會擔心萬一自己論文有缺漏字或者錯字、甚至是品質不良，會讓更多的讀者看見，也因此更謹慎行事，這也提醒指導老師守門人的角色與責任。身爲學生論文的指導教師，這本書的完成對我也意義重大。

目 錄

自序 / i

Part 1 選擇指導教授 / 001

Part 2 論文寫作目的 / 017

Part 3 怎樣的論文才是好論文 / 021

Part 4 如何找題目 / 059

Part 5 找哪些文獻 / 065

Part 6 如何決定研究方法 / 103

Part 7 資料蒐集 / 111

Part 8 結果分析與討論 / 115

Part 9 撰寫結論與建議 / 119

Part 10 論文要寫到什麼程度才可以喊停？/ 121

Part 11 進行論文注意事項 / 125

Part 12 寫論文碰到瓶頸時該如何？/ 131

Part 13 論文寫作小撇步 / 133

質性研究方法閱讀建議 / 137

參考書目 / 141

選擇指導教授

許多學生碰到撰寫專題研究或是論文的第一關是選擇指導老師。有些學校會先分配碩一學生修習「專題研究」課程（一學分必修），也就是經由教師帶領，讓學生了解論文寫作的格式以及該如何進行的入門課程，通常一位老師可能指導三至四位碩一學生。大學部學生的「專題研究」可以是撰寫研究論文或是集體的計畫執行（例如擬定一個課輔計畫做實地執行、並做結果報告），通常也有一定的格式。

一 選擇指導教授的迷思

學生對於選擇指導教授有一些迷思，包括：擔心到時候「搶」不到老師指導，所以趕快找老師，或者是先打探某些老師的指導風格，如果是太嚴屬、與自己的處事方式不合，當然就避免；或者先去找一些會「高抬貴手」的老師，讓自己的寫作過程可輕鬆過關。有些學校（像是理組科系）在學生入學前會先分配好論文指導老師，或是要學生先選好指導老師，制度或有不同。

二 選擇指導教授的過程

選擇指導老師最適當的方法，其實是先去想想看自己對於哪些議題有興趣？而本系所有哪些老師針對這些議題做過研究？甚至是進一步閱讀過老師所做的研究或研究著作，然後回顧一下這位老師上課的情況、往年指導學生論文的方式與情況，接著才考慮自己是不是可以承擔，最後才與老師約定時間討論。

在約老師談論選擇他／她做指導教授的可能性之前，學生必須要先針對自己有興趣的議題做一些文獻的閱讀，然後把自己想要做的論文擬定一、兩個相關的題目（如「原住民隔代教養實際」或「原住民祖孫家庭現況」），接著把你／妳所閱讀過的文獻做大概的整理（像是每篇論文摘要與結果），在與老師討論時一併帶過去，這樣學生在與老師討論時，不只對自己所要做的題目方向有約莫、初淺的了解，也會讓老師知道說你／妳的確下過功夫，這樣的**認真態度**其實是所有的指導老師喜歡的。

有些學生非常可愛，他／她自己天馬行空擬定了許多題目，或是針對老師研究的相關議題寫下了一些自己想要做的題目，然後就拿去給老師「做選擇」（「老師，你／妳覺得哪一個題目比較好？」），這個時候老師大概會問你一個問題：「請問是誰的論文？」既然是**學生**要做的論文，為什麼要老師選擇題目？老師頂多針對學生所擬定的題目做初步的審視與了解，進一步會問學生為什麼

要做這個題目？學生的研究動機爲何？對這個題目或議題的了解有多少？老師或許會提出自己目前對這個議題已知道的最新研究與結論，如果學生要進行的議題範圍太過時、或是早已有結果，會問學生想藉由此研究達成什麼目的？

三 學生完成論文的動機最關鍵

　　學生的「動機」其實是整個論文寫作過程中最重要的部分。如果學生對於某一個問題想要找到答案的動力很強，完成論文的步調就不會太慢。反之，倘若學生在論文進行過程中怠慢，或是不清楚自己爲何要做研究，就會拖沓及延長研究過程，甚至無法完成論文。有些學生認爲完成論文是獲得學位的必要手段，沒有進一步思索論文對於學術界的貢獻，隨意找個論文題目湊湊，這樣的心態對於論文完成是相當大的障礙，也容易在碰到問題時就退縮、抱怨或放棄。

四 指導教授的功能

　　老師對某些議題因爲做過研究、閱讀過相當多的文獻，因此他／她對某些議題的了解會非常深入，也知道要到哪裡去找相關的資料。如果學生至少知道或了解一些自己想要做的題目方向，也花了時間去搜尋、閱讀相關研究的話，對於自己未來論文的寫作方向會更清楚，而指導老師也不用從零開始教導，彼此省了許多力氣與時間。

指導老師指導一篇論文，從收一名學生開始，就注定要開始一段很長的旅程（何況一位老師不只指導一篇論文）。在這段旅程當中，老師主要是一個督促、催化、指導、諮詢與管理者（有時候還要擔任諮商師），最終目標是要讓學生完成論文，因此，如果學生本身是很主動積極的，老師也會比較自在輕鬆，這樣的師生關係進一步就是「先學覺後學」的關係──彼此可以互相討論、研究、提問與回應，是一個很棒的學習過程，學生學習如何順利完成論文、得到學位，老師也因為了解學生、與學生的關係，對於論文指導更具信心。

老師在應允學生指導其論文時，也會回想起學生在課堂中的情況（所謂的「好壞帳本」）。一般說來，老師當然希望指導認真、負責的學生，因為這樣比較能夠保證論文的進度與完成度，或者是在整個撰寫論文的過程中比較不會出大的差錯。因此學生在課堂上的表現、私底下與老師接觸的情況，以及其他同學、老師們對於這位學生的評語或傳聞，都會影響到老師是否答應選擇這位學生來指導論文。當然，接下來學生與指導老師的磨合也相當重要。

當然，不一定學生想要選擇的指導老師都會應允指導，教師基於所收學生數的負擔、自己本身要履行的教學、研究與服務的職責，也必須考量自身時間與心力的可能負荷，不一定會收前來就教的學生，學生本身要了解「被拒絕也是一種成長」，這個世界的運作不是「我喜歡就可以」，還有許多變數的影響。

五　指導論文是學生與教師兩造的頻繁互動及調整

指導老師與學生接下來要做許多磨合的動作，除了之前提到指導教師會觀察學生上課的積極度、學習情況與成果，當然還要考慮事實上與學生相處的情況，因為「人」是最大的變數，要實際了解彼此，還是需要緊密的接觸與互動才可以下定論，通常這樣的關係是最關鍵的。

我以為自己經過這麼多年指導學生的經驗，在選擇指導論文的學生時會更謹慎，在指導過程中應該會進行得更順利一點。然而有時候在上過學生的課、與學生進一步接觸，還有從學生同儕的觀察中來選擇學生時，還是會有疏誤的情況，殊不知學生在寫作過程中，可能還穿插其他的生命事件（如失戀、工作壓力或家人關係），導致其在寫作過程中會有偷懶、疏漏或者是不願意持續的情況發生。此時指導老師就必須發揮諮詢與諮商的功能，但是不同的學生其處理方式也有異。

六　論文寫作是做人的工作

我的博士論文指導教授曾經告訴我一句話，他說：「**寫論文就是人際關係的工作。**」這句話在我後來指導學生時，有充分的體驗。我曾經碰過幾位很特殊的學生。第一位是找過其他老師之後被拒絕，或被老師直指為「沒有能力完成論文」的學生，他還打長途電

話給我，並且在電話中哭訴，他說如果我「再不收他，就沒有人要他了」，在這樣的情感訴求之下，我只好收下這位學生。接著論文進行過程，也出了許多問題，一則他使用的量表是國外老師所發展的，因此要取得其授權，接下來要將量表翻譯成中文；當我看到中文量表的版本時，請他再度修潤一次，因為讀起來非常的拗口，但是學生辯稱已經請了臺大外文系的朋友來翻譯了，因此我只好自己動手幫他將量表再做修潤。最後論文完成的時候，我請學生將整篇論文從頭再看過一次，要求他用比較平易近人的方式來書寫，因為這位學生的口語及書寫的情況一樣——常常在一個句子裡會放入兩三個概念、變得非常的複雜，若不是非常了解這位學生的人，可能看不懂他所寫的內容，學生當時很納悶，還說：「老師，妳都看得懂，為什麼我需要找人家來修飾？」我說：「因為我是你的老師，已經跟你相處了四年，所以我知道你寫作跟說話的方式。但是，如果這一篇論文上傳到國家圖書館，閱讀的人是一般大眾，不一定是有我們這些相關背景的人，也不一定是你熟悉的人，所以是不是為了讓論文的可讀性更高，請你再請一個人來修飾一下？」他找人修改了，但是檢視的人就是他周遭的朋友，所以修改的幅度不大，我請他再做一次修潤工作，他當時非常地生氣，認為我在故意刁難他，我於是再好好地解釋了一遍、畢竟論文已近完成，他只好花錢去請一個完全不熟悉他的人來看他的論文，最後論文的版本非常好。只是這位學生在論文通過之後給我的一封電子郵件上寫著：「寫論文讓我幾乎家破人亡。」

這一句話我一直記得，當然也很感慨：整個論文過程中我幫了這麼多忙、出了這麼多力，結果卻換來學生的這一句話，真令人情何以堪！

　　另外一位學生很積極地撰寫論文，但是因為她所寫的題目需要閱讀許多史料，論文寫作者最怕自己辛苦所寫的內容被刪掉（所謂的「敝帚自珍」），因此這位學生將她所閱讀的內容幾乎全部放在論文裡面。然而，站在指導老師的立場，即便有些論文的篇幅很長（甚至超過300頁），但是一般的碩士論文其實不需要寫那麼長（除非很必要），因此在寫作論文的過程當中，指導老師會要求「去蕪存菁」，要學生將最精華的部分展現出來即可。然而這位學生在某一個章節裡的一個類別底下、就寫了將近30頁，這樣的寫作方式有點將主題帶偏了，所以我要求她更精簡，因為這不是論文的主題。可是這位學生不願意更改，卻也沒有任何表示或動作，她只是以拖待變。後來她將自己的論文拿給她妹妹的（北部某私立大學）指導老師看，結果那位指導老師說這是一篇非常好的論文，接著學生就轉達那位老師對她論文的看法給我，我那時候也呆了一下，因為我不知道誰是她的指導老師？之後，經過了不斷地切磋、磨合，這位學生不願意讓步，而且也不願意有任何的進度，我最後只好自己請辭，請她另覓指導老師。

　　還有一位學生非常積極地讓我成為她的指導老師。我後悔當初自己太多事，因為她所選的論文題目與我之前跟她建議的有關，也因

此後來當她要選我做指導老師時，我很難拒絕。這位學生自己是在職生，平日忙於工作，又要去實習，所以等到她的論文計畫通過之後，她的論文進度變得非常緩慢。我常常催她說：「妳的論文是不是要有一些進度給我看？」她都會找理由推託，要不是實習很忙，就是要帶母親去看醫生，然後好長一段時間沒有聯絡。一直等到再過兩個月，她的修業時間就要期滿，必須要提出論文口考的申請，她才緊急聯絡我，連續以電子郵件方式寄她的論文給我，我告訴她因為我的眼疾（她早就知道）之故，不太能在電腦上看文字，也較難做修改建議，所以請她寄紙本給我，寄過幾次之後，她還是直接丟電子檔給我。當我迫於期限，不得不用力看電子檔的時候，發現她把當初要採用的研究方式完全變更了，而我記得在論文計畫時，其中一位方法論的老師很期待看到一篇好論文的出現，但是在這位學生的研究過程以及資料分析中，我看不到這個研究法的使用，而且分析極差，根本看不出用了何種分析方式，我要她做更多的補足動作，然而她毫無所動。因為我每次寫給她需要改正的地方，她都沒有做修正，我認為她在擺爛、就不再看她的電子檔。結果最後論文口試的時候，方法論的老師千里迢迢自東部趕來，表示非常的失望，希望我這位指導老師在修改論文的最後一個月內，能夠協助她做最好的修正，讓這一篇論文品質更佳。在這一個月中，學生都沒有給我任何的回應，也沒有給我修改的版本，剩下最後一天時，我緊急打電話叫她來跟我會面，她來到我的辦公室時，第一個動作是先哭，然後指責我是一個「拍到

頂」（台語「不好相處」）的老師。我想到論文上傳只剩下今天了，如果今天不做任何動作、她就畢不了業。我努力把自己的情緒按捺下來，很平靜地告訴她說：「我們先把該解決的事情解決。」既然她只站在那裡不做任何動作，我只好把她的電子檔拿過來、直接在電腦上幫她修正論文。這位學生也是我錯誤判斷下所收的一個指導學生。

　　從這三個案例中，可以看到指導老師跟學生互動的重要性。互動磨合其實是整個論文進行之中的關鍵，倘若學生本身不願意配合指導老師的一些原則，那麼彼此的關係就會受到很大的影響，關係受到影響，要完成一篇好品質的論文就有問題。站在學生的立場，有時候會覺得老師的要求太多，但是老師一旦接受了學生之後，唯一的目標就是協助他／她完成論文，學生不領情或中間變卦，就是指導老師最擔心的部分。

　　老師指導論文最主要的目標是協助學生完成學位，此外也說明了老師指導論文的品質，有時候從學生論文被引用的次數可以看出來，這些在在證明老師的指導功力，老師的學術聲譽當然也會受到影響。

七　與老師約定時間討論

　　如果你在系裡找不到老師做相關的研究，還是可以約老師見面，或許那位老師對你／妳所研究的議題有興趣，但是學生在事先的準備工作（閱讀相關文獻並做整理，以及列出你有興趣的相關

題目）還是必要的，這樣子的話，老師會看到你／妳是「有備而來」、態度積極；有些老師會願意跟你／妳一起做新的研究；或者如果老師對於你／妳所研究的領域有若干印象的話，他／她也會轉介你／妳去找那些有專才的老師。當你／妳與老師面談時，通常這位老師會企圖了解你／妳的研究動機跟目的爲何？這個議題的重要性如何？或者會告訴你／妳相關研究的情況與資料蒐集的方向，因此只要跟老師能夠有進一步討論的機會，對於你／妳的論文進展跟要走的方向都相當有幫助。

八 老師決定接受論文指導工作的考量

　　學生找指導老師自然也有一些條件的考量，包括上過老師的課、老師的要求如何、好不好相處，以及其他學長姐對於這位老師的評價、指導論文品質如何，最重要的是老師自己做過相關的研究否？指導老師選擇學生當然也有一些潛在的原則可供參考，包括：學生是不是曾經上過自己教的課？在上課的過程中，學生的表現如何？成績如何？態度是不是積極主動？即便指導老師沒有教這位學生，但是也可以從其他同事的口中，或者其他同學的觀察之中，了解這位學生，這些都可以作爲學生選擇自己當指導老師的一些「先備知識」。指導老師當然也希望自己的論文指導工作可以輕鬆一點，因此學生之前上課態度或者是做作業的品質就很重要，因爲積極主動的學

生真的將自己的論文完成當作很重要的事情，除了會配合老師指導的一些原則跟規定之外，也會將自己分內該做的事情完成，這樣子論文也會有一定的進度、論文的完成才可以預期。

九　指導論文是做功德

　　一位論文指導老師指導碩生完成論文之後的「報酬」大概是四千到六千塊錢，而大學部的則是一位學生一千元（各校或有不同規定），一旦訂下契約成為某位學生的論文指導教授之後，整個工作的過程是很冗長的，有些會長達二至三年，博班論文甚至更久。因此，這樣的報酬及工作量相形之下，實在不成比例！其他的論文口試委員更是「佛心來著」，因為論文口試（不管是計畫還是最後完成之前的口試），基本上擔任碩班論文口試委員出席一次一千元（博班可能多一些些），但是口試委員必須要花時間（至少花幾個小時以上、甚至是一週以上的時間）看完一本計畫或論文，接著又要搭乘交通工具到論文口試學校地點，再花幾個小時來聆聽及討論計畫口試或最後的論文考試。因此，口試委員幾乎都是抱持著「做功德」的心情，教師彼此之間心照不宣、互相支持：如果你／妳幫我的學生口試，那麼下回我就去幫你／妳的學生口試，金錢的酬庸其實不是最重要的因素。

十 是「對話」，不是「問答」

與指導教授定期見面、討論論文，應該是站在彼此「對話」的立場、而非「問答」（學生問、教授答），是**有去有回**的雙向溝通，許多老師儘管是站在指導論文的立場，也很希望可以學習到新的論點或資訊，學生當然也有自己的想法，可以說出來，因為師生的共同目的就是完成一篇有品質的好論文。有些學生太依賴老師，總是仰賴老師出主意或想法，老師會覺得負擔沉重、認為學生不積極；而相反地，有些學生即便有自己想法，卻假設老師是專家，不會聽其意見，或甚至在背後發表一些自以為是的想法，卻沒有表達讓老師知道，這其實也讓論文指導關係埋下許多變數。

十一 論文若改寫投稿，研究生是當然的第一作者

現在有許多指導教授會將學生的論文做改寫，或者請學生自己做改寫，一起掛名投稿相關的專業期刊。有些學生並不清楚自己的權益，事實上論文作者就是研究生，因此即便將其論文做了改寫、投稿，研究生依然是第一作者，這是不變的事實。可以將論文做改寫、投稿到匿名審查的專業期刊，也讓研究生的研究可以有更多曝光率、讓更多人可以看到，也展現了自己對該主題的專業度。

選擇指導教授注意事項：

- 先就自己關切的議題做文獻搜索與閱讀。

- 整理所閱讀的資料，列出自己初步的構想題目。

- 瀏覽老師的研究著作，看是否與你／妳要研究的議題有關。

- 與老師約面談時間（三十分鐘到一小時），最好給出三個時段，讓老師較容易做選擇。

- 面談時將自己所整理的資料與可能的研究方向與老師討論，也與老師做清楚表達與溝通。

- 老師不一定會收你／妳為指導學生，要有心理準備，也謝謝老師願意給你／妳時間討論。

十二　可以更換指導老師嗎？

　　一旦選擇指導老師之後，可不可能做更換？這當然也是可以討論的議題。儘管老師在選擇論文指導學生的時候，也相當謹慎、做了不少觀察與功課，但是基於老師指導論文是義務也是責任，因此通常在學生選定老師之後，很少做更換。當然也有例外的情況，因為在做論文的過程中，老師跟學生都需要經過一段時間的磨合，通常如果師生溝通無礙、學生願意跟老師配合，當然持續進行下去是沒有問題的；只不過學生在整個論文寫作的過程中，會慢慢呈現出自己原來與人互動或者是做事的方式及態度。或許學生在剛開始找老師的時

候，表現得非常積極主動，但是一旦論文開始進行，或是學生自身可能遭遇到生活上的一些變動、有壓力的時候，原來的處事態度與模式就會昭然若揭。

論文進行過程中，我發現老師竟然比學生更緊張，這是很奇怪的事情。就我所知，老師們一旦接了指導論文的工作，就希望能夠把它完成，目的不在於最後完成論文才可以領到的指導費，而是老師們認為協助學生完成學習階段、呈現出結果，協助學生畢業，是非常重要的一件事，因此責無旁貸。

指導老師都怕「擺爛」的學生。擺爛的學生有許多種：一種是論文無法繼續進行或者沒有進度（停滯型）；第二種是怎麼聯絡都聯絡不上學生（避而不見型）；第三種是找任何理由來推拖的（拖沓型）；第四種是學生品質太差。舉例來說，曾經有一位同事指導一位學生的論文，在學生最後寫成的論文裡面，統計數字都搭不上，也無法解釋，但是學生卻束手無策、一副要等待老師救援的樣子，最後老師竟然只好「動手」協助他把這一篇論文整理完畢，讓他順利畢業。對這位老師來說，在整個協助學生論文寫作過程中，是非常痛苦、無奈、難過，又讓她不可置信的，尤其看到學生那種「無作為」（「擺爛」加「無能」）的樣子，明顯是一副「你不讓我畢業又能如何？」的態度，真是讓人心痛，也恨得牙癢癢地。我自己請辭過指導教師的工作，主要是因為學生不讓我發揮功能，因此只好識趣地請辭，以免妨礙學生前途。學生若是無法與所選擇的指導教授相

處，或者是彼此互動或溝通有問題、已經嘗試解決未果，當然也可以換指導教授，只是一般學生較不願意主動做這個動作，另外的考量是：其他老師可能也會因此而拒絕擔任此學生之指導老師。

指導一篇論文需要投注相當長的時間與許多心力，每一回與學生見面討論，都是就論文進行速度、困難與內容等進行充分問答，需要解決或是需要找資源，都可以師生共同討論。學生並不必以指導教授所說的為真或是執行其指令，畢竟論文是學生的，不是指導教授的，但是因為指導老師是「先學者」，對於學生研究的議題有經驗或是較清楚內容，有時可以給予較為中肯、便捷的建議。然而因為學生是研究之主體，有自己的想法，也需要與指導老師做表達及溝通。

指導教授當然可以更換。我在國外的經驗是：有一位社會系的學生到美國去進修，她選的論文委員裡面其中有兩位是死對頭，但是她並不知道。當她在進行論文過程中，只要給A教授看的，B教授一定會讓她改；B教授看過的，A教授一定會要她改，改來改去最後她才發現，自己好像是一個受害者。於是在請教其他系裡的學生之後，才了解原來這兩位教授是死對頭，也是眾所周知的事！這可怎麼辦？其中一位還是她的指導教授！指導教授也沒有辦法，最後只好採用一個策略──等於是讓這個學生休學，說自己的題目改了──藉由這樣的方式來撤換其中一位委員，最後她的論文才得以完成。一般人花兩年完成的碩士論文，她一共花了四年。有了這位社會系同學的前車之鑑，我自己在選擇指導教授與委員時，就特別謹慎小心。我先將預

訂的委員名單拿給指導教授看，指導教授指出其中一名委員問我：「妳跟這位老師相處得好嗎？」我告訴他「很好。我很敬佩這位老師認眞努力的態度，以及教學的方式。」指導老師就直接說：「如果妳跟她相處沒問題，我就沒問題。」這其實也說明了：選擇論文指導老師不是單方面的事，學生在選老師，而老師也在選學生。

還有一個有關臺灣留學生的故事。這位同學到美國之後，是跟著一個助理教授，在他申請到的一筆經費所設立的實驗室裡面工作，可是後來這位助理教授沒有獲得升等（副教授），而他的實驗室也裁撤了。這位臺灣同學原以爲自己可以直接跳過碩士，拿到博士學位（有些理工科系可以從學士直攻博士），夢想也空了！幸好後來找到另外一個學校，從碩士班開始就讀。但是這一來一往，已經浪費了四年。

Part 2

論文寫作目的

　　論文寫作可以學習**如何為一個問題找答案**。這個問題也許是社會或生活中的現象、也許是自己在實務工作中所發現的情況，或許是最近新聞或者國際間發生了一些事件，讓研究者想要知道為什麼？因此整個論文寫作的過程其實就是**為一個問題找答案的過程**。

　　為什麼要寫論文？「研究」生進入「研究」所，其實就應該要有所準備與意識到自己是要做「研究」的，要不然怎麼叫做「研究生」？寫作論文通常是研究生很大的一個考驗，然而論文的寫作其實可以有許多的學習：

　　1. 可以知道自己對於哪些社會現象或者是議題感到興趣，滿足自己探究的好奇心，也可以為一些未解的問題找答案。

　　2. 做論文就是一個依據標準程序、科學步驟去找答案的過程。

　　3. 學生在撰寫論文的過程中至少學習到幾種能力——蒐集相關文獻資料、閱讀並且做有效率的整理；知道有哪些研究方法可以協助其達到目的、找到答案；學生在整個做研究的過程當中，也展現了自己探索問題的能力，另外還可以與指導老師、提供資源者或是研究對

象互動，展現自己，也增加自己的人際能力；最重要的是可以在研究領域貢獻一點力量，而更好的研究還可以協助社會政策的擬定、改變與參考。

4. 現在許多公私立單位為了要申請計畫案或補助案，也要求員工有撰寫計畫、申請經費的能力，而計畫的規格與程序就是小型的論文寫作，需要有目標、進行方式與評估等項目。

5. 大學生寫論文，在申請研究所時很有亮點，若是自己單獨完成論文，更是甄試入選的最好候選人。研究生完成有品質的論文，在申請進一步的進修機會時，也較有利，若是要做相關研究或計畫，也較容易申請到經費補助。

學生對論文寫作目的的看法

並不是所有的學生都了解撰寫論文（或專題）的目的。許多學生認為這只是系（所）規定的一項必修課程，甚至有些學生認為這只是讓老師可以多領取費用的課程。絕大部分的老師其實並不喜歡指導學生寫作論文，因為這是一個耗時、耗力、耗能量，甚至進一步考驗與研究生關係的一項艱鉅工作。

大學校師平日被要求要做研究、教學與服務三項工作，而不間斷的研究才能夠累積許多專業方面的知能與實力，也是教育部評鑑一個學系非常重要的指標。教學是每位老師的必需，但是一般教師所承載

的教學負擔其實很高（通常是八至十二小時），只有若干較大型的公立學校教師、以研究爲主要，因此他們的授課時數會大量削減，然而一般綜合型的大學，要求老師必須這三項基本工作都要兼顧，因此教師就必須要評估自己在有限的時間與能力條件下，需要著重在哪一個區塊。大學教師「服務」的部分，除了協助學校相關的行政工作（如系主任、處室組長）之外，還需要拓展學校與地方（產業）之間的合作關係，因此有些老師擔任義務職的諮詢或顧問（如法院或機構）、審查投稿專業期刊的稿件、擔任專業學會或公會的理監事，或是進行演講或工作坊等，這些也都是在大學教師的服務範疇之內。

　　一般大學部的專題研究大概需要花一年半到兩年的時間、才可能完成，碩士班的論文可能是一年到三年之間，博士班論文就需時更長，當然也有特殊的情況（像是學生休學或者是在論文寫作過程中碰到困難而延擱或停滯下來），也因此必須與指導老師做溝通與商議，看有無解決或替代方案。

　　有些學生抱持著特殊的態度來寫論文，甚至認爲找到指導老師之後，論文就會完成，卻沒有去思考**撰寫論文的主體是自己**，而老師只是協助的角色。我們甚至也碰過有些學生認爲，不管論文寫作品質如何，老師最終總是會讓他／她通過，總不會當掉他／她，因此在整個論文寫作的過程中，怠忽自己的責任，或不願意做努力，甚至對於老師所提出的指導建議都忽略不理，把爛攤子留給指導老師處理。當然有標準的老師還是會斟酌，看是否持續擔任論文指導，有些老師則會

當掉學生。

研究目的（Maxwell, 1996, 引自畢恆達, 2005, pp.13-14）：

研究目的	說明
個人目的	改變現狀
	滿足對特定現象的好奇心
	得到好成績
	從事某一類型研究的渴望
	為了學術生涯的升遷
	未來工作機會的考量
實踐目的或社會、政治目的	為了改變社會現況
	達到某目標
	滿足某需求
研究或學術目的	了解，並對社會現象產生見識
	方法上的創新
	填補某個研究領域的空缺

＊注：此三種研究目的通常同時並存，只是比重不同。

Part 3

怎樣的論文才是好論文

　　論文寫作都有一般依循的格式，通常屬於不同學院（如文學院和理學院），就會有不同的格式，學生只要去參考相關格式要求或是前人的論文，大概都可以依樣畫葫蘆，很容易明白，但是好品質的論文所需要的不只如此。怎樣的論文才是好論文？除了最基本的格式（以下會一一做言簡意賅地介紹）需要符合之外，還需要注意一些細節，像是文獻的整理、研究方法與過程的深入了解與書寫、研究結果與文獻的呼應或對話、建議要如何才適切等，都是好論文的條件。以下會將格式做一些說明，也將其中需注意事項做闡述。

■ 論文結構與格式

　　一般說來論文需要包括：摘要（包括「關鍵字（詞）」）、緒論或前言、文獻回顧或探討、研究方法與過程、研究結果與分析（或討論）、結果討論與建議，最後列出本論文所使用的參考書目。

（一）摘要

　　一般專業期刊的論文與正式的碩博士論文規格一模一樣，只是分量有所不同。專業期刊的論文一般來說會限制字數（大概在一萬五千到兩萬五千字之間），因此必須要將論文做「去蕪存菁」的動作。要判定是否是一篇好論文？首先就看「摘要」。一般期刊論文的摘要在內容裡面應該會將**研究目的、對象、方法以及結論**做非常精簡的介紹（通常是三百到五百字之間），而不是模糊或不知所云的敘述。現在許多的研討會論文都省略掉了全文審查的部分，而只是就摘要來做評定與篩選，因此摘要的寫法就非常重要。

　　一般專業期刊或碩博士論文也都要求摘要的英文版，英文摘要通常與中文摘要內容一致，儘管不少學生都說自己是請英語系同學或朋友做修潤，但是修潤者可能缺乏相關的專業知識，有些特殊名詞翻譯起來很拗口，研究生自己最好做檢視，或者與修潤者討論之後更佳，請教指導老師最為便捷。

不良摘要示例：

摘要

　　本研究針對大學生創意做探討，共有八位，以焦點團體訪談為資料蒐集方法，研究結論與建議也會呈現。

一般摘要示例：

摘要

　　本研究是以南部某公立大學生（共八位）為焦點團體訪談對象，了解大學生在大學受教過程中，對於教師教學、批判思考等議題的主觀看法。研究結果發現：參與者認為學習較多的課程是有系統、兼顧實作，理論與實例兼顧，以及認真、也要學生同樣認真的老師。參與者認為激發其批判思考的條件包括：教師給予學生思考空間，教師須考量學生立場、按部就班教學，也要給學生提問、釐清的空間，理論要與日常生活或實務結合（或與學生的經驗結合），教師本身的吸引力要足夠，在課堂上可以彼此互動、激發思考，甚至以小組方式進行討論。以及參與者定義「批判思考」包含有：不同與多元思考、經常去質疑、與他人互動、內省與廣納不同。

關鍵字：批判思考、批判教學、大學生

（二）緒論（或前言）

　　緒論（或前言）是要說明自己**為何做此題目**？有何重要性？題目的重要性可以是從自己的社會觀察（如霸凌的嚴重性）、實務經驗（如教學現場發現許多隔代教養家庭），或是自己感興趣的主題（如新住民子女的適應或學業表現）而來。畢恆達（2005, p.21）認為：前言可以是研究者自己的生活經驗、學術理論的啟發，或引人注目的社會事件。

　　前言（或緒論）部分要說明這個主題的重要性或是對研究者本身的重要性或意義，也可以是想要了解問題或現象（如隔代教養家庭的成因與現象為何？）、為問題找答案（如創傷經驗可以如何復原？）。要謹記：撰寫論文必須要把握「**有一分證據說一分話**」的原則，因此必須要**提出佐證證據**（如統計數字，或是研究數據或資料，或報章報導等），用來彰顯現象的嚴重性或題目的重要性。

緒論或前言舉隅：

壹、緒論

　　批判思考（critical thinking）一直是教育希望達到培養學生獨立思考能力的一個目標，特別是大學教育（Bok, 2006, 張善楠譯, 2008），但是國內鮮有文獻對於大學生族群的這方面能力培養有研究，教學上的運用則或有之；而「批判思考」卻常常與「問題解決」、「臨床決定」（clinical decision-making）與「創意思考」連結在一起（Fero, Witsberger, Wesmiller, Zullo, & Hoffman, 2009, p.141）。「批判」這個希臘字源「kritikos」其原意是指「去質疑」（to question）（Barnes, 2005, p.6），美國哲學學會（American Philosophical Association）與若干學者所發展的「加州批判思考傾向問卷」（California Critical Thinking Dispositions Inventory, CCTDI）將批判思考的特色定義為具有尋求真相、開放思考、具分析性、系統性、批判思考自信、好奇、與成熟判斷力（cited in Laird, 2005, p.368）。Michael Scriven（1997, 引自 Fisher, 2001, 林葦芸譯, p.13）將批判思考定義為：「對觀察、溝通、

資訊和論證進行有技巧地、主動地詮釋和評估。」也就是說光是思考尚不足，還需要有判斷與評估的能力，而且是一個「主動」的過程。在大學任教十多年來，研究者發現學生還是沿襲著傳統被動的學習模式，不太問問題、也不敢回答教師的提問，當然更不用說「挑戰」教師的觀點或論述，使得教學氣圍沉悶、學習與教學效果不彰，這似乎也是許多研究者感同身受的、中西皆然（Chi, 1997）。許多的研究幾乎是以教師為評分者立場來評估學生的學習成效，本研究則是以學生的角度來探討批判思考的議題，到底大學生對於現行大學教學的學習效果評價如何？怎樣的教師是他們認為可以引領他們有更多、主動的學習？他們又如何定義所謂的「批判思考」？這是本研究想要探討的主題。

（三）文獻回顧或探討

　　量化的研究會將此部分命名為「文獻探討」，而質化的研究則較習慣稱為「文獻回顧」。文獻回顧或探討則是要將目前論文寫作者所蒐羅的相關資料做閱讀與系統整理，最好的文獻回顧還要將所蒐集的研究文獻**做分類**，在**不同的標題**下做整理。文獻回顧的功能在於：除了可以了解與主題相關的知識之外，閱讀了與主題相關的研究文獻後，做系統地整理，可以更了解與這個主題的相關研究目前進展的情況如何？也可帶領讀者一窺此主題的一些基本知識及研究。學生在閱讀與整理相關文獻之後，了解目前學術界對此主題的研究有哪些？目

前已經獲得的結論為何？自己的研究可以對學術領域有哪些貢獻？畢恆達（2005, p.25）認為研究文獻可以：了解目前你／妳有興趣的研究已經有多少？進行到哪種情況？也可避免重複他人做過的研究，可站在他人的研究基礎上繼續前進，學習文獻中的理論觀點與研究方法，從文獻中找到新的題目等。

找文獻最好是以新近的研究優先，尤其是有審稿制度的專業期刊最佳，其次才是博碩士論文，最後是書籍或一般論述型（只是針對議題做闡述說明，沒有實際的研究過程）文章。博碩士論文雖然也是經過科學程序所得到的研究結果，但是因為只是經過幾位口試委員看過，其分量或重要性不足，況且有些口委是指導教授自己認識的人或朋友，通常也會以「尊重」指導教授為最先考量，而不是以自己的專業性做思考。有些書籍中雖然也舉了許多研究文獻做證據，但是寫書的時間通常需要一兩年以上，等到出版時，其所引用的研究可能是過期或陳舊的，說服力就較差，況且寫作論文者若引用裡面的研究資料、就是所謂的「二手資料」，較容易有疑慮或問題。一般論述型文章比較沒有分量，因此較不建議引用。

當然，若論文寫作者對於自己要研究的議題非常不熟悉，我會建議先從一般的教科書或論述文章開始看起，讓自己對於這個議題有更清楚的了解之後，再找研究文獻來看，會比較容易理解。品質好的碩博士論文當然也可以閱讀、引用，只是目前許多的論文也是「抄襲」居多，我們發現學生在寫「研究方法與過程」中，特別容易犯下

抄襲的情況，可能是因爲對方法論不熟，不知自何下手，所以就採用最爲便捷的方式，這當然也有剽竊之嫌。

在閱讀文獻的過程中，受惠最多的是研究者自己，因爲閱讀得越多，自己對於想要做的題目內涵會更了解、清楚，不僅釐清了一些初始的迷思，也對此議題的許多面向有深入認識。許多學校在一般課程進行中會規定一些團體作業，讓學生開始學習分工與合作，以及對於論文書寫的初步認識與執行，針對某一主題或社會現象做較深入的了解，而不少教師還會要求學生先就相關的題目（如「親職化」）或對象（遊民）做文獻的探討，然後再進行實地的訪查或調查工作；當學生帶著若干了解進行實際的訪談或調查時，就比較清楚其所要了解的對象，不會問一些不相關的問題，同時將所知道的研究結果與實際的探查做比較，就會有新的了解，而受訪者也會在被尊重的情況下，更願意分享或據實回答。Bailey（1996）也提到研究者「不是腦袋空空進入研究田野。在進入田野之前，研究者腦中的知識愈多，也就可以學到愈多。」（引自畢恆達，2005, p.26）

我記得有一組大一學生做遊民的團體報告，他們在訪談結束後不僅釐清了自己對遊民的迷思或錯誤印象（包括之所以成爲遊民的原因——多半是家庭解組或發生重大事故，對遊民無所事事或不願意工作的誤解——基本上許多遊民都有工作、多半是勞役或打零工），也願意從不同的觀點、同理的角度來重新看遊民，甚至願意做一些改變（如對待遊民的態度、增進遊民的福祉或生活品質）。

　　任課教師要求學生做類似論文的「小報告」，就是在協助指導論文寫作的格式與方式，等到學生真正去找指導老師寫論文時，就已經對論文有初步了解、比較不焦慮，老師指導起來也會較省事（不需要從頭開始教）。有些學生甚至會延續之前的小報告，作為自己的論文主題。

閱讀研究文獻目的：

---

1. 了解目前此題目相關之研究趨勢。

2. 充實自己對於此研究之背景知識。

3. 研讀與檢視之前文獻，了解其研究方法、過程與優劣點。

4. 了解自己將做的研究可能補足先前研究的哪些部分（也是本研究之貢獻）。

文獻回顧示例：

貳、文獻探討

　　大學教育的目標之一就是「思辨能力」，Bok（2006）認為大學生需要有「有效思考」的能力，也就是學生需要有足夠動力去努力解決課堂上所遭遇的問題，因為唯有經過努力才會磨銳自己的思辨能力（張善楠譯, 2008, p.129）。學生需要運用批判思考來因應快速變化且複雜的環境（Young, 1992），具批判思考能力的人不僅會拒絕解決問題的標準模式，而且興趣廣泛，對問題有多元向度的思考，以相對、脈絡的觀點來看世界，利用嘗試錯誤與替代方式做實驗，是未來導

向、樂觀的，且對自己的判斷有信心（Brookfield, 2005, cited in Thomas, 2009, p.258）。

「批判思考」雖然被視為是中等以上教育重要的教育目標，但是其定義不清楚也是造成無法做適當評估的困惑之一（Abrami, et al., 2008; Candy, 1991, cited in Phillips & Bond, 2004, p.278; Pithers & Soden, 2000, p.239），因而造成許多研究者依據自己的定義來決定批判思考的內涵，而不同學院對於批判思考也有其不同定義（Bers, 2005, p.15），加上教師若對於批判思考無清楚認識或定義，也會影響其在這方面的教學（Soden & McLellan, 2000, cited in Waite & Davis, 2006, p.406），而教師若未能將批判思考與其所教課程內容做結合，也不是批判思考的目標（Paul, 2005, p.33）。有關批判思考的定義可說是眾說紛紜、莫衷一是。Phillips與Bond（2004）整理研究文獻發現批判思考有四種不同的概念（反思技能、一般技能、終生學習的技能之一，以及批判存有）；有學者認為批判思考（或能力）是從事有目的、自我規範的判斷（Abrami, et al., 2008），或者是建構爭辯、運用邏輯推理，以及提供證據支持推論（Young, 1992）；Van Gelder（2005）則從認知科學的角度提出建議，認為批判思考是：（一）相當複雜的過程，應是終生學習的課題；（二）可以經由練習更精熟；（三）也將練習做適當遷移；（四）需要一個適當的理論作補充，使得練習更有效；（五）若教學可以「論辯地圖（argument map）」為基礎，批判思考會進步更快速（pp.42-45），強調批判思考也需要不斷練習，甚至成為一種習慣。Mason（2007, p.343-344）將不同學者對批判思考的定義作了整理而分為三類：（一）批判推理的技巧，（二）一種傾向（批判態度與道

德取向），與（三）特殊內容的實質知識（批判思考的理念或特別領域），可見眾家對批判思考的定義有許多差異。

教師本身除了受到之前所提的一些限制之外，還有其他因素。例如，互動或是討論的方式，可以養成學生廣納不同意見、進一步思辨的能力，只是這樣的教學方式耗時、需要創意與設計，可能也需要教師放下身段、願意傾聽不同的想法，加上教師本身受教過程可能都是講授居多、沒有學習的楷模，要做創新的教學改進，的確有其難度，因而不是十分受到歡迎，許多教師本身也沒有接受過批判思考的教育，要執行更難（Astleitner, 2002, cited in Barnes, 2005, p. 10）；再則，大學教師本身因為終身職（tenure）與學術自由之間的可能扞格（為了終身職必須要犧牲掉在教學時的一些挑戰議題與論述），也是教師之所以憚於批判思考教學的一個重要因素（Stancato, 2000），倘若教師本身因為懼怕「政治正確」妨礙其教學自由，那麼怎麼可能形塑所謂的批判或自由學風呢？Richard Paul（2005, p.27）統整目前美國高等教育批判思考的現況，很難過地總結三大重要事實：（一）大部分的教職員缺乏對批判思考的實質觀念；（二）大部分的教職員不僅缺乏批判思考的實質觀念，而且還誤以為自己了解、甚至相信自己在教學上做到批判思考教學；（三）不管教師「改善」的努力如何，講課、強記與短視的讀書策略依然是目前大學教學的主流。也因此，營造批判思考的教學氛圍勝於單純的批判教學，也就是端賴教師本身是非常不足的，學校行政單位與相關人員、教職員、學生也都在這樣的教學目標中占一席之地！

當然思辨能力的培養也不單是學生自己的責任，教師不重視所

謂的「思辨」能力之培養，自然也不會將課程做適度的更動，教師習慣於「單向」講授方式，可能是基於自我保護（Bok, 2006, 張善楠譯, 2008, pp.72-73），或怕麻煩，但是學生方面也不喜歡主動參與，因為對他們來說被動地聽講較省事，而且可以在短時間內獲得正確答案，不需要靠自己去辯論或摸索（p.141）。批判思考的教學需要顧及課程內容與教學方式（Abrami, et al., 2008），Thomashow（1995, cited in Jurin & Hutchinson, 2005, p.487）強調成功的課程應該包含內容、過程與反思（content, process, and reflection）三個部分，而討論可以激勵學生的主動學習，教師引導學習者有不同角度的批判反思（Van Ments, 1990, cited in Jurin & Hutchinson, 2005, p.487）。

　　針對影響批判思考的相關因素，Cheung、Rudowicz、Lang與Yue（2001）曾就香港大學生的一些背景資料與批判思考做調查發現：來自高社經階層或是父親較善於批判思考家庭的學生，其批判思考的表現較低社經家庭的同儕佳，而且學習動機也較佳；張昇鵬（2004）做國中小資優學生的研究發現，後設認知能力與批判思考有正相關，其在另一個研究中比較國中小普通與資優生，也發現國中資優生的批判能力表現優於其他三組，國中普通生優於國小普通生，而後設認知能力可以預測批判思考能力（張昇鵬，2005）；然而做跨文化的比較，McBride、Ping、Wittenburg與Shen（2002）以CCTDI為評估工具卻發現，中國與美國的儲備教師在「批判思考自信」與「批判思考成熟度」上有顯著差異，而且是前者遜於後者，作者推論是文化上的差異（個人化VS.集體化），以及中國教育畏於挑戰權威使然，另一針對中國護理系大學生的研究（Zhang & Lambert, 2008）也出現類似結果，而

且年級越高，其批判思考傾向越低，學生的學習型態似乎較傾向於反思、感覺、視覺與統整。另外一個針對臺灣軍校高中生的研究發現，不同人格特質與思考模式有相關，而創意與批判思考似乎有若干重疊（Yang & Lin, 2004），學者Richard Paul與Linda Elder（2006, p.35）也認為「批判思考若無創意，將會遞減為純粹的懷疑與否定；而光有創意、若無批判思考，也只是新奇而已」。

批判思考顯然與教學或學習模式有關聯，彼此是互相為用的。陳荻卿（2004）針對國小高年級生的研究，未發現學生偏好的教學方式與學習方式的關聯，然而卻發現高分析、高系統與高追根究底學生較喜愛「學習者中心取向」、較喜愛自主性學習，反之則較喜愛教師中心取向、低自主學習；Giancarlo與Facione的研究發現教育水準越高，其批判思考傾向越高（2001, cited in Lampert, 2007, p.26），而Lampert（2007）的研究也證明了大三大四學生較之大一大二學生的CCTDI批判思考分數更高，此外還發現藝術系的學生在真相尋求、批判思考成熟度，以及開放思考三者得分較非藝術系者要高，可能與其課程進行方式與目標不同有關；針對大一新生的調查也發現：「知覺的學術控制」（perceived academic control）與學生成績及批判思考有相關，學生對於自己所知覺的學術控制越高可預測其批判思考傾向越高，反之亦然（Stupnisky, Renaud, Daniels, Haynes, & Perry, 2008）。Yang與Chou（2008）針對臺灣大學生的研究發現：批判思考傾向會因為批判思考技巧增加而更強烈，反之卻不然，而學生思考傾向的程度遜於美國同儕，可能是文化、學習體系以及學生學習方式（為考好成績而學習，而非對學習真正感興趣）不同所造成；這些研究結果似乎在挑戰

文化與教育目標的關係，甚至有學者質疑「批判思考」似乎是西方教育價值（Mason, 2007, p.339），因此其所發展出來的CCTDI及相關量表也需要考量文化背景。然而批判「傾向」（dispositions）與「技巧」（skills）基本上是兩回事，因此Lyutykh（2009）特別提到：「傾向是要去促發，技巧是要去運用的」（p.378），教師在教學時要特別注意批判思考在社會文化中的實務演練。Cheung、Rudowicz、Kwan與Yue（2002）研發了新的批判思考概念，將批判思考的涵義拓展到「認知技巧」之外（也就是涵括了動機、行為與意識形態），發現「真相的追求」這一項在商業主修與成績高的學生身上很明顯，這與一般研究在批判思考的評估（「真相追求」的得分不高）上有差異。

Onwuegbuzie（2001）比較博士生與碩士生族群，發現博班學生的批判思考技巧遠遠勝於碩班生，因而認為「研究技巧」、學業成就與批判思考有相關，這似乎也間接證明了「批判思考」是可以訓練的。然而，批判思考若經由教育的方式訓練，其成效又如何？Lampert（2007, p.27）整理歷年關於批判思考的教學發現：若能強調班級討論、獨立詢問、問題解決與分析者，可以增進批判思考。潘志忠（2003）針對國小學童以「議題」中心的方式教學，發現實驗組在批判思考測驗總分優於控制組，且低社經背景學生之表現也優於控制組；Waite與Davis（2006）以合作方式進行小規模的行動研究，結果發現大學生在批判思考、互助、成就與良好人際關係上都有增進；以團體動力方式進行課程，也發現合作學習有助於批判思考（Khosravani, Manoochehri, & Memarian, 2005），而經由網路蘇格拉底式的對話，也可以促進學生的批判思考技巧（Yang, 2008）；Rugutt與Chemosit

（2009）的研究發現學生之間與師生之間的互動、批判思考技巧三者可以預測大學生的學習動機、也會讓師長們提供更優質的學習環境。有研究者在國二的公民課程裡鼓勵學生質疑事實、解讀與分析證據、針對事件做推論，以及發展獨立的意見，經過十週的實驗也發現實驗組學生在批判思考與傾向上顯著高於控制組學生，而學生也更能主動傾聽，也尊重不同的意見，甚至會檢視自己想法是否有偏誤（Yang & Chung, 2009）；將「以問題為基礎」及「講課」兩種不同教學方式做比較之後，研究者（Tiwari, Lai, So, & Yuen, 2006）也發現實驗組（「問題導向」）學生在進行一學年教學之後，在CCTDI的分數較之控制組明顯增加。傳統的單向教學模式很少讓學生可以培養批判思考能力，因而「學習者中心」（Prior, 2000）的教學是較符合此項目標的達成，也就是學生的主動學習是最關鍵的；教師的觀念與教學方式也相當重要，雖然有些電腦科技可以輔助批判思考教學之進行，但是藉由人與人之間的對話教學、或是以小團體方式進行，更能提升批判思考之教學效果（Pithers & Soden, 2000）。只是Bevan（2009）提醒教者要將重點轉到詢問與溝通過程，才可能激發更多的可能性。可見許多批判思考的相關教學是以互動、團體討論方式進行，擺脫了傳統的單向授課，不僅可以促成師生與學生之間的不同意見交流，讓學生學習到不同角度的觀察與看法，甚至可以進一步容忍不同意見與了解多元解決方式，可以共同合作、達成更佳效果！

「經驗」也是批判思考很重要的面向之一（Fero et al., 2009），學生與不同的族群有接觸、互動的機會，不僅更有批判思考的傾向，也讓其在學業自信與社會行動（social agency）的得分增加（Laird,

2005）；教師可以將學生的生活經驗與教學結合在一起，不僅可以提升學生的批判能力，還可以針對社會、政治、經濟、文化等現況有適當的覺察度（Gruber & Boreen, 2003; Wilingham, 2008）。

　　Barnes（2005, p.9）以其在社區大學進行批判思考教學的多年經驗表示：有先進思考的領導（forward-thinking champion）、跨領域的整合（cross-disciplinary immersion），以及成功經驗的記載（solid documentation of success）是這些課程的成功之鑰。Richard Paul與Linda Elder（2008）兩位學者也建議教師採用自發性（或未計畫）（spontaneous or unplanned）、探索（exploratory）與聚焦的（focused）蘇格拉底式質問，可以讓學生參與有次序且統整的討論。然而也有研究者（Roth, 2010）提醒：許多學生只擅於批判思考的一個面向──批判，卻易流於只會爭辯、挑剔，也無助於意義的創造與發現，因此建議不只是批判規範、還需要去「探索」規範（explore of normative）（p.B5）。

　　Phillips與Bond（2004）也發現光是靠教學來提升批判思考是不足的，除非整個學習或工作氛圍是如此才有可能；Elder（2005）呼應了這樣的理念，也發展一個所謂的「專業發展模式」（A professional Model），企圖將批判思考做良善、系統規劃，她還特別提到要小心「知識分子的傲慢」（Beware of intellectual arrogance, p.44），也就是教職員認為自己無所不知，卻不願意學習或採用不同的教學方式。由於批判思考是學生所有的相關知識與爭議性話題之間的關聯，這也符合了民主社會的原則與價值（Stancato, 2000, 377），因此教師教學如何將二者做適當的連結與呈現是相當重要的，學生在教師的技巧催化

之下，不僅可以為自己的學習負起責任，也同時可以聚焦於學科內容（Prior, 2000）。誠如Wilingham（2008, p.26）的提醒，批判思考不是一種技巧，也涉及後設認知的策略，學習者需要有該領域的知識與實務做背景，才有能力做批判性思考。

　　Young（1992, p.49）指出高層次思考課程的最大障礙在於教師的「散布知識」（to cover or dispense knowledge rather than to work with it），而不是對知識做工作。Sternberg（1987）提出在批判思考教學時教師常犯的幾個錯誤，包括：（一）教師認為自己無法自學生身上學習到任何東西──然而在批判思考的領域裡，教師也是需要接觸新思考的學習者；（二）批判思考是教師的工作──然而在批判思考教學裡，教師不是教者，而是催化者；（三）有批判教學的「正確課程」──事實上是依據教學目標、內容與文化而有不同；（四）批判思考課程是「二元」的（如整體或過程、彈性或面對面）──事實上其範圍更廣；（五）真正重要的是「正確答案」──然而重要的是答案後面的思考；（六）「討論」是達成目標的方法──但是重點在於批判思考本身就是目標；（七）「精熟學習」（master-learning）的觀念（如期待學生花了九成時間就應該答對九成）──事實上思考與表現都有更多進步空間；（八）批判思考的角色在於教導批判思考──然而正確的是批判教學是提升學生學習反思與修正策略、發展後設認知知識與技巧（cited in Pithers & Soden, 2000, p.242）。

　　既然「批判思考」或高層思考能力（higher order thinking skills）是高等教育的目標之一（Thomas, 2009; Young, 1992），也已經有不少研究針對不同教育階層的學生做了相關研究，但是似乎限於由上到下的

「單向」事實，而在現實教育現場，大學生族群是否了解所謂的「批判思考」為何？而其又如何定義與解讀「批判思考」與教學之間的關聯與實際？本研究希望從大學生的上課經驗與學習來了解，也就是從「下」往上的方向作調查，讓教者與學者可以更清楚「批判思考」的完整面向。

（四）研究方法與過程

研究方法不管是質性或量化的研究，通常分兩個部分：1.「**資料蒐集**」的方式—量化研究可能是用量表施測來大量蒐集資料，而質性研究可能用文件分析或者是訪談等蒐集資料；2.「**資料分析**」的方式—量化研究通常是用統計套裝軟體來執行，而質性研究需要依據所蒐集的資料類型做不同與詳盡的分析。

研究對象的部分，儘量以**列表方式**呈現，將研究對象的相關背景（像是年齡、性別，或者一些相關經驗）整理成表列出，讓讀者可以一目了然。

研究對象列表示例：

性別	年齡	婚姻狀況	諮商師年資（年）	服務類別
男A1	38	已婚	3	行動諮商師
女B1	35	未婚	3.5	社區
男A2	47	離異	12	學校

性別	年齡	婚姻狀況	諮商師年資（年）	服務類別
男A3	29	未婚	3	社福
女B2	33	已婚	5	私人機構
女B3	50	已婚	20	醫院

研究方法與過程示例：

參、研究方法與過程

本研究是以焦點團體（Focus group）討論蒐集資料，邀請南部某公立大學大二至大四學生參與討論，參與者共有八人（男生一位、女生七位），大部分來自教育相關科系，另外一位女生是文科，都是大二與大三同學；參與者是以課堂廣告方式招徠，進行時間是民國九十一年六月間。在正式討論之前，分別與潛在參與者面晤，讓其了解研究性質與進行方式，然後再分別以電話方式聯絡焦點團體討論地點。團體討論是在一密閉、不受打擾的空間進行二小時五十分，研究者以筆記與錄音機記錄整個討論過程。討論是以預先擬定好的大綱（見附錄）為引導，進行中若發現聽不清楚或是有疑問時，會做進一步詢問，甚至是深入追問參與者所要表達的為何？訪談大綱題目的安排是先從學生較容易回應的題目開始，然後再慢慢深入主題，因此將對於批判思考定義置於最後。訪談大綱的題目主要是依據學者對於批判思考的定義與內涵來提問。

焦點團體訪談是一種經濟、省時蒐集資料的方式，在研究領域通常運用在探索性的議題上，也常作為量的研究先驅，參與者可以在無威脅的環境中表達與分享自己的看法，因為是團體討論之故，採用

焦點團體的討論主要是針對相同性質的參與者，對特定議題做深入分享，並且可以彼此回應意見與學習，也是就聚焦討論來提供質性資料（Krueger & Casey, 洪志成、廖梅花譯，2003，pp. 4 & 12），採用焦點團體討論也可以讓參與者做一些「反思內省」（retrospective introspection）（Bloor, Frankland, Thomas, & Robson, 2001, p.6），領導者（或「協調者」，moderator）本身的協調與溝通能力非常重要，而參與團體的成員最好同質性高一點（Greenbaum, 2000, p.146）。

　　成功的焦點團體討論基本上需要有：領導者的專業權威（讓參與者可以投入討論）、運用語言與非語言的能力是學習過程的一部分（清楚溝通與反應）、團體動力（可以與他人分享交流、聽到不同的意見）、參與者的專注力（願意投入一段時間與他人做充分互動）、實際參與「現場」的研究（充分觀察與了解參與者的討論與動力情況）、參與人數讓人可以安心分享（即便是敏感話題也可以放心在團體中討論）、安全的控制（保護成員在團體中討論的保密性）、過程的動力（清楚且深入了解討論時的動力因素、並可據以延攬不同族群參與討論）、過程較為快速省時（可以在極短時間內蒐集到想要的資料），以及節省經費（Greenbaum, 2000, pp.10-14）。基本上一般使用焦點團體討論人數約莫在7到10人，但是也可能將人數降為4到6人，主要是要了解參與者對某一議題的態度與感受，以及行為背後的原因，成員間的互動可以讓產出的資料更豐富（Greenbaum, 2000）。焦點團體討論進行之前，領導者必須要做好充分準備，列出要討論的問題，並在成員討論時做適當觀察與記錄。

　　通常團體訪談主要是經濟、資料豐富、有彈性、可以刺激受訪

者、協助回憶，以及蒐集累積、詳細的資料（Fontana & Frey, 1994, p.365）。焦點團體訪談較之個別訪談有幾個優勢：訪談本身可以作為研究對象，也就是不只是針對參與者對研究者的對話而已，還鼓勵參與者互相交談、對研究問題進行集體探討，因此還可以集體建構知識（陳向明，2005, p.287）。當然這種研究方式也有其挑戰，例如雖然較個別訪談省時且經濟、短時間內獲得較豐富資訊，但是並不一定可以顧及所有參與者都能夠參與，或是發表不同意見，因此獲得的訪談內容也比較雜亂（陳向明，2005, pp.293-295）。我在進行焦點團體訪談時，還必須要請觀察員記錄，或是自己隨手記下觀察與想要提出的問題，有時在沒有錄影機的協助下，許多的觀察可能會漏失掉。

因為「批判思考」是需要集思廣益進行了解的議題，因此採用焦點團體討論的方式，可以在極短時間內獲得參與者對此議題相關問題的回應，也藉著參與者彼此之間的互動與討論，可以激發不同的想法，讓資料蒐集更多樣、多元化；進行焦點團體訪談也可以在相當短的時間之內，讓資料蒐集飽和（也就是內容重複、沒有新資料出現）（陳向明，2002, p.128）。

資料分析主要就是「化繁為簡」、逐步概念化的過程（潘淑滿，2003, p.325），我在資料部分是採用「類屬分析」方式，將相同資料放在一起，然後進行分類的陳述（陳向明，2002, p.402）。而資料整理主要就是歸類的工作，先從資料編碼開始，然後將有意義的詞句或段落加以標示、給予概念，從反覆出現的現象中找出「形式」（pattern），再予以更抽象或概括的概念（陳向明，2002，p.129）。編碼不必制式地套用他人的方式（陳向明，2002，p.389），主要還是依據研究者的

研究目的與問題而定，也就是提醒研究者要以「彈性」、「適切性」為最高指導原則。

在進行焦點團體或個別訪談時，我在訪談現場也做了臨場紀錄，回去重聽訪談錄音帶時也將當時聆聽過程出現的問題寫下，這些都是我在後來分析時可以用來輔佐的工具。將錄音帶重複聆聽是作為歸納訪談資料最好的方法（Riessman, 1993, 王勇智、鄧明宇譯，2003, p.126），即便請他人謄寫逐字稿，我依然將錄音帶重複聆聽，對照逐字稿內容，雖然耗時甚長，但是在聆聽過程中可以激發我的許多想法，甚至可以讓我的分析更細膩。

資料分析與討論部分是以歸類方式依序呈現，基本上按照訪談大綱之次序呈現。其中只有阿昌是男生。

（五）研究結果與分析（或討論）

量化研究通常是先要找適當的量表（最好是標準化的量表），有時候必須要依據學生自己的研究目的來做適當的修訂。要注意的是：在使用量表之前，先取得原先發展量表人的同意，若要修訂量表，也需要經過作者的同意。質性研究在資料分析部分就較麻煩，因為資料通常很多。像是訪談資料，僅僅是三四十分鐘的訪談內容，可能需要花兩三個小時的時間謄寫逐字稿，如果是研究者自己謄寫逐字稿，最好是在訪談進行完就儘快進行，倘若訪談與謄寫逐字稿間隔時間過久，很可能延宕，甚至後來累積過多訪談稿，讓自己面對過多的

資料，反而變得沒有動力去完成。許多研究者會聘請大學生或在職生謄寫逐字稿，雖然省了許多事，但是要注意到洩漏資訊（像是私密或較不為一般民眾所接受或熟悉的議題）以及相關的學術倫理議題。研究者自己謄寫逐字稿有許多優勢，包括：自己是訪談者，對於當時訪談的脈絡與觀察也較直接，可以將其列為參考分析資料之用（有些研究者會有訪談札記或事後筆記作為分析資料的輔佐），再則自己在記憶猶新時謄寫逐字稿，憑藉著新鮮、時近的記憶，謄寫時可以順便思考與既存文獻之間的相似與相異性，可以做初步的分析與整理。

結果分析與討論示例：

肆、資料分析與討論

一、收穫較多課程的特色

（一）上課有系統，且有實作

　　參與者認為教師將理論與實務結合在一起，甚至讓學生有實際操作的機會，更可以印證所學，而且學得很扎實、有自信。

　　小芳：「張○○老師的課，因為她的課……像教統，我就覺得她上得……可能她本科系吧，就覺得她上的非常有系統，而且就像……她比……她上的比……嗯，補習班還要好。……看同學他們是課程組的，然後就上真評（真實評量）或教評（教育評量），然後他們每次都要跑出去做很多活動、（研：對）調查，然後要去訪問，然後雖然他們說覺得很累，因為他們通常開會都要開三、四個小時以上，可是我就覺得他們就是，像我就覺得我是做學習單，這樣啪啪一下就好

了，而且就很完（整）……就很漂亮，我是覺得有學到真功夫。」

　　阿昌：「實務的課。（研：為什麼是實務的課？）因為我比較不喜歡理論的，對啊，就是……（研：那理論才有實務啊）我知道，我會想要……我覺得理論的東西，我自己去看就好了，然後不懂再問就好了，然後比較不需要……就是實務的東西比較需要印證，可是理論的東西你可以看，然後再去問人家，然後去澄清誤會、概念、觀點，然後實務的東西真的需要去做，然後去有人領兵這樣子。」

　　小芳認為：「可是我覺得你自己也要先上過理論的課，才能……」但是阿昌回道：「理論的東西我自己可以看，然後再去問人家澄清就好了。……理論的東西我可以自己看（研：他說他可以自己看，他說有些……），因為我自己承認我的領悟力比較高，所以我看得懂，我不需要人家教，我只需要去澄清一些概念就好了。」

　　阿文說：「可是我覺得理論的課有時候也可以教得很生活化。」

（二）講課理論與實例兼顧

　　有些教師會舉一些實際案例做說明，讓學生更清楚概念與可以對應的生活現象，其實二者相輔相成，不是那麼晦澀艱難。

　　小芳：「嗯～他講的真的很貼切，然後他就會舉一些例子，譬如說，他就會說，他跟他……他有時候他會起來晚上看那種第四台，就是那種無線台的那種很難看的電影，然後他就在那邊看，然後他太太看到就說，這麼難看的電影，你為什麼要看？他說，沒有為什麼，其實我不是在看這電影，只是在回味當初他爸爸帶著他去看電影的那個情況這樣。對，他就會講這些，讓你覺得，其實哲學沒有這麼的無聊，然後就會開始想要看一些東西。」

（三）不讓學生怠惰的老師

　　有些老師會在上課之前要求學生閱讀相關的論文或書籍，可以讓同學更容易將課堂上所學做串連與了解，學生在這樣的要求下自然學到更多。

　　小張：「還有會要求學生看書的老師，○○○，像之前我們上那個教育心理學的時候啊，老師之前都會先發那種一本講義，就是每一章的作業，就是她每一次要上前一章的時候，你就必須要回去把那一章作業寫完，就是你事先就已經看過，然後已經寫完作業了，然後上課的時候她再講這樣子。然後就講得比較生活化這樣子，然後要不然就是上她的課就是，一定買兩三本書這樣子，然後每本書都考，然後……而且她會要求你……就是她還會再開另外……她會拿講義給你，然後也是厚厚的，然後再發那種……開書單給你，就規定說，你這學期至少要交五本書的心得報告，綱要啊那種東西。」

二、提升學生學習動機的因素

（一）老師的專業承諾

　　教師本身做很好備課功夫，自然也會要求學生跟進，但是學生是否會因此而先做準備呢？教師在課堂上認真教學，學生也會感染到教師的努力與真誠，願意跟著學習。

　　小張：「我覺得老師如果肯教學生東西，就是有東西教學生的話，我覺得學生的學習意願會比較高。」「而且我覺得像張○○老師，雖然說她開的課，大家都知道很累，然後通常又要補課什麼的，可是她的課還是……就是每次開起來還是都滿滿的人，甚至就是都……還要去讓她加簽，我就覺得說，其實在大學裡面要做到這樣子

真的蠻困難的。」

　　阿文也說：「她（○○老師）真的很用功，還課前的東西先弄，我們喔，（老師）都要求同學說預習喔，很卑屈的這樣要求，然後（我們）知道自己那一天上課還是要重來就是了。」

（二）老師給予的「溫柔壓力」

　　同學會因為老師的認真感動他們，即使要加課，雖然心裡不願意，但是還是會出席，因為想到老師的認真，那是一種「溫柔的壓力」：「而且這一週是期末考嘛，（研：對）就通常大家上課都已經不想上，然後她這週都還是繼續上課，而且她是到下週才期末考，結果她這樣要求的時候，大家心裡都很不願意，就是……但是還是會答應，因為老師會給你很溫柔的壓力。」「因為覺得說老師已經這麼認真教了，就應該要去考試。」（小葉）

　　老師因為太認真，也讓同學體會到老師的辛苦，像阿文說：「而且像老師就是……像我們每次回家都會有作業，老師都改、改、改、改到說她就有什麼叫飛蚊症。」

　　老師的認真也呈現在批改作業上，學生會看到老師的用心，也知道自己的東西寫得如何，可以有具體方向做改進。如：

　　小芳：「還有就是……就是比如說你作業的話……就像以前在改作文，老師會寫很多評語，我就會想要去看……對，然後可以知道說，哪裡需要修改或幹嘛，（研：對！對！對！）就像老師的論文一樣。……因為我覺得有些老師，就是他（她）會看一看，可是他（她）不會寫評語，就是不會……你也不知道自己哪裡錯需要修正或幹嘛……我覺得啦。」

阿昌希望得到老師的回饋，而不是連個評語都沒有：「可是你寫評語的話，至少會知道說……你如果好就寫個好，寫得不好就寫個不好，我覺得這只是幾筆劃，可是就可以代表說……讓我們覺得這份報告交出去到底是好還是不好。」

（三）老師有創見或獨特想法

教師本身有獨特見解或想法，也會讓同學在學習過程中可以聽見不同的聲音，刺激自己一向認為「理所當然」、沒有被挑戰的觀念，甚至可以促發自己主動學習的動力。

阿昌：「像我現在想到就是上簡○○老師的教哲（教育哲學），我覺得他自己有他自己的想法，不是像講一些九年一貫的東西，就很官方的說法，你就覺得說，喔～聽都聽膩了，只是他就有他自己用哲學的角度下去做批判的東西，然後我就覺得上他的課啊……雖然說功課什麼壓力很大，但是我會覺得，如果你真的很想學東西，很認真去聽他的……他的理論，或者他的想法，你會覺得他真的是一個蠻有他自己獨特想法，然後就是從他的講話當中又會刺激你一些新的想法出來。」小葉也附和：「他蠻強調批判性思考的，就是說，不要說你看到什麼就全部就接收，他就會一直說，你這到底是哪一點不好，哪一點不好。」

阿成：「像我覺得我上課的話，我會比較喜歡去上那種，老師比較有刺激的，就是他會提出比較不同的想法，然後那種……就是他提出來之後，你才會再去深刻去進一步想別的。因為我會覺得說，如果就是，老師有帶領你那個想要學習的動機，我覺得那個是比較重要的。然後如果說真的自己有喜歡上那一門課，就覺得在老師那裡沒有

得到東西，就會……其他東西我覺得可以自己去找來讀，如果不會可以再去問老師。」

（四）評分要較有彈性

雖然有些老師上課很棒、讓學生收穫很多，但是給分太苛，也可能造成反淘汰的情況，如：

小芳：「可是因為她給的分數都很苛這樣子，她都給六十幾分這樣子，然後功課又很多，然後就比較沒有人要去修，不然的話其實修她的課學到很多東西。」

（五）自己感到有興趣

只要學生對於某個科目有興趣，就較會有動機去學習，此外教師的引領也很重要，可以協助學生從不同角度去思考。

阿成：「有興趣，像聽老師講完，然後覺得有興趣的話，就會再繼續下去啊。……就是理論嘛，可是你會覺得有興趣的話，你就會想要繼續看下去啊，你會多參加一些外面的活動，多去看一些書，看越久，就參加越多，就會越有興趣。」

小葉：「大一下，就去修兩性教育，結果那時候就覺得，以前沒有想到的問題，然後就是……因為那是簡○○老師上的，就是覺得沒有想到的問題，你現在就是又要去思考。（研：對）對，然後你……而且這樣一路上來，其實也碰到很多那種兩性的問題，然後就覺得，就是會蠻有興趣，就是我碰到問題的話，可能比較會有興趣，比較去探討吧。」

綜合分析示例：

伍、綜合分析

　　參與者定義「批判思考」包含有：不同與多元思考、經常去質疑、與他人互動、內省與廣納不同，這些定義似乎與學者所論不同，比較相近的是「去質疑」、「內省」功夫與「多元」或「廣納不同」的結果；如果學生對於批判思考的定義是如此，也相對地會對大學教育有不同的期許，那麼教師的定義又如何？這當然也會影響教師教學方式與目標（Soden & McLellan, 2000, cited in Waite & Davis, 2006）。

　　大學生對於現行大學教學裡學習較多的課程是有系統、兼顧實作，理論與實例兼顧，以及認真、也要學生同樣認真的老師；基本上讓學生收穫很多的老師本身是很認真的，相對地也要求學生很多，學生在「被動」的情況下也可以學習更多，而學生也可以在課堂上、實作當中、甚至是寫作業等方面，學習到教學所欲達成的理論與實務結合的目標。參與者認為激發其批判思考的條件包括：教師給予學生思考空間，教師須考量學生立場、按部就班教學，也要給學生提問、釐清的空間（所謂的「去質疑」，Barnes, 2005, p.6），理論要與日常生活或實務結合（或與學生的經驗結合）（Fero et al., 2009; Gruber & Boreen, 2003; Wilingham, 2008），教師本身的吸引力（包括專業）要足夠，在課堂上可以彼此互動、激發思考，甚至以小組方式進行討論（Chemosit, 2009; Khosravani et al., 2005; Lampert, 2007; Pithers & Soden, 2000），教師不僅在教學方式上要能引發學生的興趣與學習動機，也將批判思考與內容相結合（Paul, 2005），才可以達成批判思考的教學目標。然而這些努力似乎還是不夠，因為基本上批判思考是需要練

習，成為一種習慣，而單只是批判思考的上課氛圍還不夠，尚需要整個校園與學習體系的配合（Phillips & Bond, 2004）。基本上參與者反應大學教師的教學方式還是以講授為主，這些被提出的，也是較為稀少的教學模式，到底是教師的批判思考訓練有限？還是教師囿於傳統教學、害怕突破？或是懶於備課耗時（Bok, 2006, 張善楠譯, 2008）？或是憚於學生挑戰其知識權威？有待進一步研究釐清。此外，參與者似乎還是將學習視為教師的責任，需要教師去引領、促發，使得批判思考能力或習慣只能暫存一時、甚至可能隨著課程結束而消失。

　　讓學生可以看到教師的專業承諾、教師的要求所形成的溫柔壓力、教師獨特的創見與想法、評分有彈性，加上自己對該科有興趣，都會讓學生學習動機增強。從這裡也可以看出學生學習的態度也較為被動（但至少少了「消極」，因為學生還會願意去做），除了「自己對該科有興趣」是屬於學生自我的因素外，其他似乎還是仰仗教師的推動，或許如Kwan與Yue（2002）所提，批判思考應該將認知之外的其他因素（如動機、行為、意識型態）也包含在內。這到底是文化因素？固有的學習型態（Bok, 2006, 張善楠譯, 2008; McBride et al., 2002; Yang & Chou, 2008; Zhang & Lambert, 2008）使然？還是因為我們的教育體系（教師與學生）缺乏這方面的訓練？

（六）研究結論與建議

假設）。

研究結論與建議示例：

陸、結論與建議

一、結論

　　本研究是以學生的角度來探討批判思考的議題，試圖了解到底大學生對於現行大學教學的學習效果評價如何？怎樣的教師可以引領他們有更多、主動的學習？他們又如何定義所謂的「批判思考」？所得研究結果如下：

（一）大學生對於現行大學教學裡學習較多的課程是有系統、兼顧實作，理論與實例兼顧，以及認真、也要學生同樣認真的老師。這一點反映了教學是「互動」與彼此影響的過程，教師教學目標清楚、執行實在，學生也感受有收穫，但是似乎暗示了學生學習多寡仍偏重於教師「主導」。

（二）參與者認為激發其批判思考的條件包括：教師給予學生思考空間，教師須考量學生立場、按部就班教學，也要給學生提問、釐清的空間，理論要與日常生活或實務結合（或與學生的經驗結合），教師本身的吸引力要足夠，在課堂上可以彼此互動、激發思考，甚至以小組方式進行討論。與現存研究有許多印證，但是也沒有特定的方向，也就是說倘若教師願意廣納多元、甚至在教學上做一些改變與改善，學生都認為可刺激其深層思考、獲益良多！

（三）參與者定義「批判思考」包含有：不同與多元思考、經常去質

疑、與他人互動、內省與廣納不同。其定義也反映了一般學界
對於批判思考的紛紜定義。

二、建議

（一）本研究只針對大學生做小規模的焦點團體討論，所得結果未盡
完善，因此若能拓展參與對象與不同年級，或許可以看到更多
有關批判思考與大學教學的實況。

（二）批判思考也應從教師的角度來進行探討，因為教師的定義不
同、也與其教學模式及結果相關，而學生被動的求知態度可能
也是批判思考的阻礙。

（三）倘若批判思考是大學目標之一，不僅是要探討學生、教師、課
堂教學的實際，還需要有相關行政、策略的協助，以及團隊的
合作，因此可以進步的空間仍多，而具體可行的相關研究需要
進一步執行，才可能有更多落實政策與作為。

（四）批判思考或高層次思考是舉世認同的教育目標，然而真正可以
進行激發與肯定這些思考的大學教師又有多少？許多大學教師
甚至沒有過教學的訓練，一旦在大學院校任職，其所採用的教
學方式幾乎是沿襲過往所受教育的窠臼，很難有新鮮或創意，
甚至教師本身不認同批判思考的重要性，也擔心自己的權威受
到挑戰，因此也影響其實際教學。若無具批判與創意思考的教
師，又如何產生有批判、創意的學生？

（五）本研究所得結果可以作為國內高等教育的參考。畢竟一國人
才的養成需要經年累月的持續教育與努力

> 劇，學生的許多價值觀與學習態度也有極大的轉變，但是站在
> 教育的高度，仍需要在實際教學與人才養成上投注更多心力。

（七）參考書目

　　不同的文理學門，對於論文格式的要求不同（主要是內文引述
與參考書目部分），心理或教育是以「美國心理學會」（American
Psychological Association, APA）的格式為規範，社會或理工科學另有
其格式，許多學校或期刊論文裡也都有詳述其專刊接受的格式，同學
可以自行去閱覽或下載。

參考書目APA示例：

參考書目

王勇智、鄧明宇譯（2003）。**敘說分析**。臺北：五南。Riessman, C. K. (1993). *Qualitative research method* (Vol.30)。

林葦芸譯（2004）。**批判思考導論**。臺北：巨流。Fisher, 2001, (1997). *Critical thinking: An introduction.*

洪志成、廖梅花譯（2003）。**焦點團體訪談**。嘉義：濤石。Krueger, R. A. & Casey, M. A. (1998) *A practical guide for applied research* (3rd ed.)。

陳向明（2002）。社會科學質的研究。臺北：五南。

陳荻卿（2004）。**國小學生批判思考傾向與其偏好的教學取向及學習**

方式間的關係研究。國立臺北師範學院學報（教育類），17(1)，251-270。

張昇鵬（2004）。資賦優異學生與普通學生後設認知能力與批判能力之比較研究。**特殊教育學報，20**，57-101。

張昇鵬（2005）。資賦優異學生後設認知能力與批判能力關係之研究。**特殊教育研究學刊，28**，259-287。

張善楠譯（2008）。**大學教了沒：哈佛校長提出的8門課**。臺北：天下。Bok, D. (2006) *Our underachieving colleges*.

潘志忠（2003）。議題中心教學法對國小學生批判思考能力影響之研究。**花蓮師院學報（教育類），16**，53-88。

潘淑滿（2003）。**質性研究──理論與應用**。臺北：心理。

Abrami, P. C., Bernard, R. M., Borokhovski, E., Wade, A., Surkes, M. A., Tamim, R. et al. (2008). Instructional interventions affecting critical thinking skills and dispositions: A stage I meta-analysis. *Review of Educational Research, 78*(4), 1102-1134.

Barnes, C. A. (2005). Critical thinking revised: Its past, present, and future. *New Directions for Community Colleges, 130,* 5-13.

Bers, T. (2005). Assessing critical thinking in community colleges. *New Directions for Community Colleges, 130,* 15-25.

Bevan, R. (2009). Expanding rationality: The relation between epistemic virtue and critical thinking. *Educational Theory, 59*(2), 167-179.

Bloor, M., Frankland, J. Thomas, M. & Robson, K. (2001). F

Cheung, C. K., Rudowicz, E., Kwan, A. S. F., & Yue, X. D. (2002). Assessing university students' general and specific critical thinking. *College Student Journal, 36*(4), 504-525.

Cheung, C. K., Rudowicz, E., Lang, G., Yue, X. D., & Kwan, A. S. F. (2001). Critical thinking among university students: Does the family background matter? *College Student Journal, 35*(4), 577-597.

Chi, F-M. (1997). Discussion as meaning-construction in EFL reading: A study of Taiwanese EFL college learners. *Proceedings of the National Science Council, ROC, Part C: Humanities & Social Sciences, 7(2)*, 234-244.

Elder, L. (2005). Critical thinking as the key to the learning college: A professional development model. *New Directions for Community Colleges, 130,* 39-48.

論文的基本結構：

第1章　緒論或前言

第2章　文獻回顧或探討

第3章　研究方法與過程

第4章　研究結果與分析（或討論）

第5章　結果討論與建議

參考書目

二　論文寫作的其他考量

（一）可否複製前人研究

　　一般說來，我們都希望可以開拓新的研究主題，但是並不是說複製前人研究就不行。如果學生要複製先前的研究，最好有充分的理由，或許是對於先前研究有質疑，想要一探究竟；或者想要以不同族群為研究對象，看看結果如何？回顧文獻也會讓學生知道，自己對此一主題的了解多寡？進一步可以增進自己的相關知識。而對於自己研究題目相當生疏的學生而言，閱讀教科書以及研究，可以充實自己之不足，也對於自己要做的研究有較為清楚的概念或輪廓。

　　我在指導學生撰寫文獻探討這一章時，會要求學生將所閱讀的文獻按照時間先後順序列表。表格上需要呈現的項目有：年代、作者、論文題目、研究對象與方法、研究結果以及評析這幾個部分。之所以要求學生做這樣的列表，一則可以協助學生將閱讀的文獻做有系統的整理，二則學生在「評析」的部分可以在閱讀該研究之後，針對此研究做進一步的反省與批判，不只是將這個研究的優點列出來，也將這個研究的挑戰與不足之處做一些評論，此外，學生也可以說明將這些不足在自己即將做的研究中做補足。

（二）寫作論文的幾個建議

論文來閱讀，就可以明白基本的論文結構與寫法。

2. 撰寫論文一定要先下筆寫寫看，依據基本的幾個結構項目來撰寫，不要期待自己一下筆就是完美的論文。所謂的論文寫作，基本上都要經過不斷的修潤（正），指導老師的工作也在於每看完一遍學生的文稿之後，建議學生可以修改的方向或方式，使其論文品質更佳。

3. 有關研究方法與過程的部分，只是靠研究所或大學階段所提供的方法論課程是遠遠不足的，因此需要學生自己針對可能要採用的研究方法多去做閱讀，最好的是從最基本的方法論開始看起。量化研究儘管有很方便的套裝軟體可以執行統計工作，但是**解釋的部分**還是需要靠學生自己來，因此應請教指導或統計老師：想要獲得怎樣的結果，或者資料要做怎樣的比較與分析，可使用最好的統計方法為何？在了解之後，再使用套裝軟體，就更能夠了解與解釋你／妳的研究結果。關於質性研究方面，因為資料分析的方法太多了，因此學生本身必須要親自去閱讀相關的分析方式，而在資料蒐集的時候，也要很清楚自己是不是準備好？對於這種資料蒐集的方法是不是能夠勝任？

4. 每天有固定進度，就可以讓論文如期完成，不要給自己找理由（如沒空、太忙或太累），而是將寫作論文當作自己每天的例行公事，即便只是閱讀半頁期刊，也都是進度。

5. A版與B版——有些學生需要醞釀很久或者是等候適當的時間

才下筆，但是這樣往往延宕了論文進度與完成的時間，因此我常常建議同學將論文分成AB兩版——A版是正式版，B版是草稿版。在寫作B版的時候，可以先將閱讀過的文獻做摘要整理，有時候時間不夠，那就直接將所閱讀的文獻重點直接貼上來或者做一些刪減，在B版寫作時，也可以做一些簡單的邏輯排版，像是同類型的研究結果就放在同一區塊，但是要注意不要忘記註記使用的「參考文獻」。等到自己一週裡面有比較完整或整塊的時間時，就可以將B版慢慢改成A版的正式版本，不過要特別注意的是：因為在B版裡面很多是直接抄錄下來的內文，因此需要經過相當的消化與整理之後，才將其統整放在A版裡。

Part 4

如何找題目

　　研究生在進入研究所之前，如果有實務或者工作經驗，在進入研究所時就很清楚知道自己要做的研究是什麼，不管是從自己過往的經驗裡面去找尋，或者是在工作過程中一直困擾自己的問題，從中去選擇一個自己想要解決的議題，接著進行許多相關的閱讀，那麼他／她的論文題目或方向就會越來越清晰。有些研究生，或許是大學剛畢業就進入研究所就讀，其本身的生活經驗不足，或是沒有去思索自己有興趣的問題，因此當他／她進入研究所課程時，往往不知道自己對於哪些議題或者現象感興趣，因此通常需要摸索相當長的一段時間，甚至經過教師指導、充實閱讀，才慢慢釐清自己想要做的研究題目。

　　其實每個人幾乎都會對生活周遭或者是社會的一些現象、問題，有一些觀察及興趣（或疑慮），這只是平常的觀察，並沒有機會接觸相關研究文獻做更深入的探討與了解，因此不管是經由自己自身生活的體驗、觀察或者是閱讀，也都可以發現若干自己想要尋找解答的疑問，這些就可以是研究的目標或方向。

員，常常在自己服務的過程當中覺得在資源的連結，或者是專業團隊之間的合作度不足，導致資源浪費，無法讓真正需要協助的人獲得有效幫助，這就可以是你／妳想要研究的方向。也許你／妳是醫療人員，長期做毒癮勒戒的工作，卻發現這些毒癮者有七、八成以上會再度使用藥物，這不僅造成了人力、時間及資源的浪費，還造成許多家庭的悲劇或苦難，你／妳想要進一步知道：到底那些成功勒戒者是因為哪些助力協助他們脫離毒癮的深淵？藉由這樣的研究，或許可以了解將哪些方式或因素置入毒癮勒戒的計畫中，可以產生更佳的勒戒成功率。

許多年前，我常常到教學現場演講、與老師們互動，聽到不少老師說現在很多孩子有行為上的問題，都是因為祖輩教養的關係。這樣的歸因在我聽起來似乎太簡單了，到底是什麼因素造成了祖孫家庭？中間父母那一代是什麼原因不能夠履行親職的功能？這些祖輩教養人在教養過程中會遭遇哪些挑戰？對於祖輩與孫輩來說，到底有哪些擔心或者是優勢？因此我最後來才做了隔代教養的研究。

閱讀也可能會靈光一閃，讓自己想要針對某個問題做探究、找答案。找論文題目不難，怕的是有些人一直換題目，也就是學生不清楚自己對什麼議題有興趣，或是在找資料或撰寫論文過程中碰到困難、不知道如何解決等諸多因素。

一　論文題目可以更改

　　擬定的題目不是不能改，剛開始時，可能就只有一個大方向，這也無妨，隨著自己閱讀的廣度與深度進展，論文題目就會更精確。有些學生很執著於自己的論文題目，認為應該要馬上確定好，有時候反而會添加自己莫名的壓力。縮小題目的範圍是必要的，也得靠閱讀的增加、才會朝向具體方向前進，不必急於一時。像是從「隔代教養現況」→「臺灣南部隔代教養現況」→「臺灣南部隔代教養家庭成因與困境」，可以看到題目漸漸縮小且更聚焦。當然，論文題目有它的功能，可以將其當作研究的**關鍵字**，引領我們去找相關的研究、合適的對象以及文獻，時時**將研究題目放在心裡面**，也可以去思考該如何選擇適當的研究方式及過程。與同儕討論，或許彼此可以提供一些想法或相關文獻。我們在論文口試的時候，偶而還需要動手幫學生修改論文題目，讓他／她的研究內容可以更契合。因此我常常提醒學生：不必擔心需立即把題目擬定好，而是將題目當作引導自己研究方向的關鍵字。

　　論文題目到最後一刻（也就是口考的時候），也都還可以做修正更改，許多的指導老師與口試委員，也都會協助學生將題目改得更適切。論文題目當然要越精確越好，也就是能夠符合研究的基本目的，因此如果論文題目太抽象或者是太大，也會影響到資料的蒐

學生將題目更聚焦。

　　將論文主題選定好之後，接下來就要思考：以誰為研究對象？做研究（論文）需要的時間大概多長（如三個月到一年）？要如何招徠研究參與者（透過網路、直接面對面宣傳、請相關的人協助（滾雪球法）或是其他）？若是要以問卷方式進行，有現成的量表可用嗎？需要去找國內外相關量表嗎？這些量表的信效度如何？需要做修編嗎？想要得到多少份有效問卷？要如何發放問卷（自己去發、請人幫忙？或經由網路發放或填寫？）？如何回收？需要祭出一些誘因（如獎品或抽獎，或在論文完成後寄給參與者）來吸引研究參與者嗎？同時也要注意學校對於論文計畫申請、口試時間等的規定，以及申請人權委員會（如果有研究參與者）的審核通過。

　　我在美國做博士論文時，在提出論文計畫通過之前，需要跑一趟學校的人權倫理委員會，接受三位委員提問。當計畫通過之後，自己就要思考需要花多少時間來進行論文研究？從招徠參與者開始，就自己去請求或請認識的同學，安排了三十多場到學校不同系所課堂上宣傳自己的研究，最多人的一場是兩百多人的通識課程，大概花十分鐘講述自己的研究與流程，然後發下宣傳單，上面有報名與聯絡方式，將所蒐集到的報名表登錄聯絡方式，接著就安排我要做的研究實驗的電腦遊戲、借電腦教室，然後一一打電話給願意參與研究者，要在電話中用有「口音」的英文，邀請對方在何時何地參與實驗。在進行實驗時，我帶著一筆錢在身上（因為我做的是「賭博上癮行為」

的研究，要給參與者一筆「賭金」、讓他們去投注，然後做賭博前與賭博後的問卷），最後去跑統計。當時我所採用的統計方式，所裡的統計老師也不熟悉，因此我特別去請教統計所的同學，自己還買書念，去學習新的統計方式。

研究計畫通過到執行完畢，大概經過四個月的時間，應該可以提口試時間了，但是我的指導老師說：因為我是國際學生，不能讓我不滿三年就從博班畢業，這樣似乎對本地學生不公平。因此他要我回國或度假，三個月後（那時我進博班三年時間屆滿）才讓我進行口試。

口試當天，有一位學生化的朋友也在當天口考，我們兩個人都通過了論文口試，當天晚上他們夫婦倆邀我去家中用餐，後來這位朋友提議：「我們都完成了博士學位，有何感想？我們各自去寫，然後交換看。」結果我們兩個雖然寫的內容不一樣，但卻是同一個意思。朋友寫的是：「我知道的很少。」而我寫的是：「我才了解自己不知道的還更多！」完成一個階段的學習，讓我們更清楚自己的不足、學海無涯！

二　切勿陷入自己想法的泥淖

做論文或研究基本上是對研究文獻或實際生活領域有所貢獻，因

為接觸國中小教師而引發的動機，後來深入南部地區，面談了近兩百對祖孫，才對於隔代教養的情況更了解，後來我國有所謂的「祖孫節」，我也去做了一次分享，對於高齡化與變動社會趨勢有一些提醒效果。這些年來，也看過一些研究生誤將一些概念放入自己論文中，導致窄化了研究目標與內容。像是有學生將美國的「親職化」直接拿來做研究，卻沒有考慮到我國的「孝順」倫理與「親職化」概念之間可能有的扞格與衝突，還有一位學生採用了家族治療的「三角關係」來解釋家人互動，將所有蒐集到的內容以「三角關係」來框架，無形中將其他重要內容都刪去了，讓其論文非常零散而無意義！我們做研究，是為問題找答案，而不是為既有的理論背書，此外**文化的考量**也很重要，所謂「橘逾淮為枳」就是這個道理。

如何找研究題目（不限於此）？

- 對生活和社會的觀察（如失業率攀升、少子化）。
- 社會和國際間的重大事件或議題（如恐攻的重大災難、情殺）。
- 自己在工作中發現的困境和疑問（如升遷障礙、職場霸凌）。
- 自己針對某些議題或者是現象想要深入了解（如情緒暴衝、兒童虐待）。
- 與自身有關的議題（如性傾向、繼親家庭）。

一 利用題目做「關鍵字」搜尋

學生在找相關的研究文獻時，有時候會抓錯方向、或是不知道該往哪裡找，這時候我們就可以提醒學生：回過頭去看看你／妳的論文題目，題目裡面應該有重要的「關鍵字」，而這些關鍵字就是引導你／妳去找相關資料最重要的指標。

有些題目或許前人已經有一些研究的累積（如親職教育方式），因此要找相關的資料很容易，但是有些學生所要研究的主題，無法找到**最直接**的研究資料，那麼就要從**可能相關的資料**開始找起。比如之前我要做「隔代教養」的研究時，國外有相關的「祖孫關係」資料，但是較少針對隔代教養有特別的研究（在非裔族群中較多），當時國內有一些相關研究，但是主要都是碩士論文，因此我就必須從祖孫家庭、親職教養等相關的文獻開始做資料蒐集。

二 同時找國外相關研究

　　有些研究在國內已經累積相當多的文獻，找起來當然不是問題，但是也有許多的研究是國外已經做了二、三十年，有一定的結果，所以找國外文獻可能更恰當。指導學生這麼多年來，我發現國內學生有一種恐懼——就是不太敢找國外的文獻來看。一是擔心自己語文的能力，怕讀不懂；二是因為時間壓力，不知如何處理過多的研究文獻。其實許多的研究都可能是從國外開始的，因此國外的研究已經累積到相當的量，甚至已經有一些確定的結果了；而有些題目可能國內研究者的進度落後較多，因此找國外的研究反而較為便捷與完整。

三 不要執著於特有名詞

　　有些學生會很堅持自己的題目或者是搜尋文獻的名詞，有時候反而會阻礙自己的資料搜尋，因為同樣的情況和現象，不同的研究者可能會使用不同的名詞來說明，因此，多找一些相關的字眼（像是找不到「隔代教養」，就找「祖孫家庭」）可以協助自己做更周詳的資料蒐集。

四 可先參閱他人的「參考書目」

　　若是你／妳找到與自己要做的研究非常相近或相關的論文或期刊論文時，不妨先看看那些參考書目，若是有很多研究者引用的資料，就去找出原始資料來，因為許多研究者所引述的資料可能是非常經典的好研究，因此去找出原文來看最棒。如果自己不知道要找哪些資料，也可以試著找出他人論文後面參考書目的幾筆資料，仔細閱讀，或許就是一個很好的開始。

五 可找政府部門的統計資料

　　有一些統計資料可以從政府部門的網站上去搜尋，像是人口統計或家戶統計資料、職業與性別、犯罪或警政案件統計資料等，或者是政府單位委託專家學者定期做的調查資料等，這些可以在論文寫作時用來說明與佐證之用。

六 引用二手資料的問題

　　最好不要引用二手資料，因為二手資料有的也是「二手之後的二手」，所以有時候找不到原來的作者是誰，甚至引用者引用錯誤，或是引用偏誤（如只列出對自己研究有利的結果）。

小心。一般說來，碩班學生因為自己語文能力之故，對於國外的文獻有較多的恐懼，也不太願意去搜尋相關資料；事實上，有些研究主題在國外已經累積了相當多的資料、甚至已經有完整結果出現，因此國外的資料反而更符合學生論文主題，但是因為學生的擔心與害怕，因此較容易去引用前人閱讀過的二手資料。

許多同學在撰寫「文獻探討」或「文獻回顧」這一章之前，會引用所閱讀過的前人期刊與碩博士論文，甚至直接引用這些前人論文中所使用的資料，稱之為「引用二手資料」。引用二手資料會有許多的問題出現：（一）許多研究者未將之前研究者的結論做完整摘錄（許多只摘錄了自己想要用的部分，多半為自己研究的結果做背書），也就是有所偏頗／愛，倘若學生引述了這些作者的資料，就可能產生偏誤；（二）引用二手資料若不小心，也可能會產生剽竊的結果（或許前人也是抄襲他人的，或是前人引述不清），這樣就是違反學術倫理，也違法（剽竊情節嚴重者會被追回學位）；（三）同學在引用二手資料的時候，也可能發生不誠實的情況，也就是事實上自己是引用二手資料，但是卻將它當作一手資料（將前人參考書目內的資料直接抄錄下來，當作是自己去蒐集的一手資料）。

學生若是抄襲二手資料，老師很容易就發現：（一）學生的論文全文「筆調」會出現不同的形式，就是每個人有自己獨特的寫作風格，當學生只是將多位原作者所寫的東西直接拷貝進來，貼上去，就可能會產生許多的扞格與不協調，論文讀起來很奇怪；（二）在參

考文獻方面也會出現許多不一樣格式的寫法，或許學生對於像是APA

（American Psychology Association，美國心理學會）的格式不熟悉，

自己所整理出來的資料與引用前人資料的寫法可能會有不同，馬上就

露出破綻；（三）學生引用二手資料，常常會忘記自己從哪裡抄過來

的，因此最後在參考書目裡面也很容易漏掉、讓老師發現。

引用二手資料出現的問題示例：

西文參考書目正確寫法

Luke, D. A. (2005). Getting the big picture in community science: Methods
that capture context. *American Journal of Community Psychology, 35*(3-
4). 185-200.

不熟悉APA的學生寫法：

Dereck, Alan, L.(2005). Getting the big picture in community science:
Methods that capture context. *American Journal of Community
Psychology, 35*(3-4). 185-200

七 找到的資料該怎麼看

　　學生在閱讀資料時，有時候是從頭看起，但是這樣很費時費

力，有些偷懶的學生可能就看「結論」而已，對於研究的脈絡較難掌

我在前面提過，若是閱讀好的「摘要」，裡面內容會包括所有論文的要素（動機、研究對象與方法、結果），這些就可以協助研究者篩選文獻，閱讀時也是如此。倘若學生對於要研究的議題很生疏，那麼不妨從一般的專題書籍開始看起，而對於此議題較重要的經典研究，可以從頭開始看，這樣不僅可以了解此議題至今為止的研究進展，也可以藉由作者有系統地整理，對此議題更了解，還可以知道不同研究者為何採用不同研究方法、其優劣如何。有些很誠實的研究者會在研究「建議」裡說明自己研究的限制與對未來可能研究的期許與建議，或許可以讓學生更清楚自己研究的方向與貢獻。

當然若時間充裕，還是建議學生**從頭到尾**將研究論文好好看一遍。現在許多資料都是電子檔，學生也習慣在電腦或手機上閱讀，這樣固然有其便利性，但是若要劃記或記錄重點就會有點麻煩，印出紙本論文可以在上面劃記、標示，放在手邊又容易找到做參考。我通常在閱讀文獻上費時甚多，接著就要花許多時間做整理，因此常常是手邊有資料可讀、順手劃記，可以善加利用零碎的時間（如等車），這樣也讓自己的閱讀有進度。

八 何時該停止資料蒐集

資料不是一時之間就可蒐集完畢，但是因為進行研究時間有限，因此還是得給自己訂一個大概的目標，同時考慮自己論文計畫要

提出的時間。文獻的蒐集因為電腦科技發達變得更便利，然而有時候還是需要拓展範圍仔細蒐羅，才可能找到最適合的文獻。學生會擔心蒐集文獻時間過長，或者不知道什麼時候可以停止文獻的蒐集，其實在撰寫論文的同時，蒐集資料的步調可以暫緩一些，不需要急著去找當時最新近的文獻，但是可以提醒我們自己：如果有新的重要研究文獻出現的話，就可以納入自己的論文中，也可知道最新的研究結果。通常我會建議學生將蒐集論文的期限拉長為**最近十年間**的文獻，如果在閱讀相類似的論文，看到一直重複被使用的文獻，可能就要去找原來的研究來閱讀，表示這是很重要或經典的文獻，儘管研究出版時間較早，也有必要找來一讀。

　　一般使用「關鍵字」找資料，有時候出現幾萬筆、有時候卻只有寥寥幾筆，這時候不必驚慌，資料太多的可以加入另外的關鍵字，讓其搜尋範圍縮小（如「同志出櫃」＋「困難」或「阻礙」）；倘若資料太少，就換個名詞或關鍵字（如「出櫃」＋「現身」），也就是拓展搜尋的範圍。資料多，表示前人做的研究多，但是也會增加自己篩檢的困難度，因此不妨先檢視那些**論文的題目**做初步篩檢，在篩檢到五六百筆時，換成**瀏覽其摘要**，看這些摘要內容是否符合自己想要做的題目，最後可能找到一兩百筆資料可用，差不多就可以了。

　　有些題目較少人做，研究者就要就近去找**可能相關**的文獻。之前

究，正好讓我可以多讀資料，看看目前研究已經進行到哪裡？有哪些結果？也更確定自己要做的研究爲何。

九 蒐集到的資料該如何處理

蒐集到了資料，需要花時間去閱讀，然後整理出來、成爲論文的第二章。而在閱讀資料的同時，我們也對於自己要研究的議題更熟悉、清楚，對於學術界在這個議題上的研究進展也逐漸了解，對於不同研究者爲何使用的不同研究法也有概念。

資料閱讀是一項重大工程，但也不需要驚慌，只要按照步驟，每天都有一些進度，就可以慢慢完成。閱讀資料可以分段落閱讀、將重點劃記，所需時間不會很長，若有更多時間（如週末假日）則是將其做書寫整理，這樣進度就不至於落後。在整理閱讀資料時，通常就是放在B版（所謂的「草稿版」），因爲只是初步做整理，因此不妨將閱讀的原文抄下來（記得要註明出處），先依據不同研究結果做分類或主題（如隔代教養定義、隔代教養家庭原因、隔代教養祖輩的責任與擔心、隔代教養孫輩的助力與挑戰等）整理。等到研究者自己有時間時，再慢慢將B版改寫成A版（正式版）——要將抄下來的原文以自己的寫法撰寫下來，若要引用原文，就必須遵守不同引用法（如APA）之規定。一般說來可以採用三種不同的**引用文獻**方式：（一）直接抄錄——必須加上引號（「」）及作者、年代、頁數（如邱珍

琬，2014，p.8）；若引用超過多少字，還要另起一行書寫或書寫方式不同。（二）稍加做整理——像是將原作者所列出的十項整理成六項。因爲主要還是依據原作者所寫的，因此在引用資料後面還是要加上作者、年代及頁數。（三）將所閱讀的資料重點以自己的寫法寫出來，但是仍維持原作者所說的意思，所引用資料後面就可加上作者及年代（如邱珍琬，2014）即可（如下表「引用文獻示例」）。

　　慢慢閱讀資料的同時，也要開始做資料的整理。我通常會建議研究生將所閱讀的研究論文列表做整理，可依年代久近（從以前到目前，如「研究文獻整理示例」）來做，這樣可以因爲表列方式，讓自己更清楚已讀過的研究（最後加上「評析」是研究生可針對此研究做一些檢視與思考，可以有更深入的了解與反省）。在做好列表之後，最好也將這些研究做一種統整及摘要（如研究方法、參與對象與結果等），這樣就可以讓研究生與讀者更清楚（如下表「小節」）。

引用文獻示例：

原文：（From Goodwin, 2017, p.v）

Cycles of techno myths are perpetuated and circulated among well-meaning parents, such as:

• technology causes ADD and ADHD

---

enhance language skills

- children don't learn from video games

- leaving the TV on when no-one is watching is okay

- there are safe amount of screen time

第一種（直接）引用方式：

　　Goodwin（2017, p.v）認為「科技迷思無止無休的循環，而且在用心良苦的家長間流傳不停！那些迷思像是：

- 科技造成過動兒

- 電視、觸碰螢幕與電腦遊戲可以刺激腦部發展、增進語言能力

- 孩子不能從電腦遊戲中學習

- 讓電視開著沒人看是可以的

- 有所謂的安全螢幕使用時間量」

第二種引用方式：

　　一些有關科技的不正確想法在家長間流傳著，這些迷思像是電腦科技產品對兒童不好（如影響學習或造成過動兒），嬰兒的科技產品可促進其腦部發展或學習，或是讓螢幕產品一直開著無妨等（Goodwin, 2017, p.v）。

第三種引用方式：

　　我們對於科技產品（尤其是手機或電腦）有一些不正確的觀念：認為可促進或無助於孩童學習、可能造成孩子過動問題，或是相信使用螢幕產品有一個安全量等（Goodwin, 2017）。

研究文獻表格整理示例：

出版年／作者	題目	研究對象與方法	研究結果	評析
2014 韓錦華、陳麗芳、周凡澔	護理職場霸凌與離職傾向及其相關因素探討——以南部某醫學中心為例	• 具護理師執照半年以上之護理人員708位 • 填具量表問卷、進行統計分析	• 有85%參與者在過去半年內遭受不同程度之職場霸凌 • 離職傾向與霸凌總分呈中度正相關 • 霸凌為離職傾向最重要預測因子	• 選取遭受霸凌者為研究對象 • 未針對年資深淺做細部分析
2015 劉祥得、張嘉怡、高木榮、楊文理、鄭展志、張孟玲	The effect of job demand and resources on workplace bullying-The sample from hospital nurse in Taiwan	• 臺北地區五家醫院300名護理人員 • 問卷訪談	• 工作要求增加職場霸凌之影響 • 工作資源、社會支持與工作活力減少職場霸凌	• 以量表項目方式訪談，未有深入探討 • 缺乏因應之道的了解
2016 何清治、張睿欣、洪錦墩	中部某區域教學醫院職場霸凌之研究	• 中部某區域教學醫院任職滿三月之醫事、護理及行政人員 • 問卷調查共收回410份（回收率52.4%）	• 遭受霸凌與旁觀者各為40%與41% • 女性、約聘、未婚、年資五年以下之27-31歲護理人員被霸凌居多 • 以「工作要求」及「改變未先知會」最多	• 將不同工作項目人員做比較，護理人員占被霸凌多數 • 統計受害者與旁觀者，未詢問施暴者、施暴者年齡、位階與年

小節

　　從以上幾篇研究可看出，職場霸凌以醫療院所所做的研究居多，尤其是針對護理人員方面。這三篇研究皆是以問卷方式進行資料蒐集，以統計方式分析資料，研究區域有臺北地區、中部與南部，參與研究者自三百至七百不等。

✛ 文獻探討的寫法

　　無論是「文獻探討」或「文獻回顧」，最重要的就是要理解所讀的，然後將其做分類整理，分類整理最簡單的就是以適當的「標題」做歸類。一份研究可能有幾個結果出現，學生將其研究結果給予適當分類、然後再給予適當的標題就可以，當然還需要學生將所整理的資料做一些摘要與分析（如同上面的「小節」）。質性研究的「文獻回顧」常常在整理文獻之餘，還需要做「與研究文獻的對話」，也就是好像在跟研究文獻做**回應與發問**的動作，像是「既然父親在孩子幼小時較少參與親職，主要原因為何？而積極參與孩子教養工作的父親又是以何種方式參與較多？」有點像是研究者之自問自答，當然也可以提出問題。

　　文獻整理最忌諱的就是「逐條列出」，也就是將一份研究文獻是誰做的、結果如何，像**家具型錄**（畢恆達，2005, p.51）一樣列出了

事，研究者不做總體的整理，文獻之間沒有任何關聯、甚至只是依年代先後出現，這樣的文獻是最不負責任的，其存在也無法發揮效用。在論文第二章所列出的文獻，應該是有功能的，除了讓學生可以清楚自己寫的這個題目的相關學術研究層面與深度外，還可以將其與自己的「研究結果」那一章中做比照與對話。

　　研究文獻的整理通常是學生碰到的第一道難關，閱讀文獻容易，但是如何抓重點？哪些資料又該使用、哪些要摒棄？如何做有效又有條理的整理與分類？這都在在考驗著學生的功力與能力。引用研究文獻要注意引用的方式與加註引文（如前所述），也就是「一分證據一分話」，論文寫作不是一般散文、只是寫自己的想法，而是要每一句話都有佐證資料，文獻的整理當然也是如此。許多學生會抄錄原文，但是這樣的引用方式不能夠全篇都使用，自己必須在閱讀之後，好好咀嚼、消化，然後將閱讀過的一篇文獻放在一邊，去思考剛才讀了哪些內容？重點在哪裡？然後依據自己的話語、將其重新做整理，這樣下筆就較容易。當然這些重點還是自所閱讀的文獻而來，後面還是要**寫出引用的文獻出處**，如（邱珍琬，2010）。

文獻整理示例（「父親形象與其轉變」，邱珍琬，2010）：

> 父親是目前許多研究聚焦的一個主題，也許是因為之前注意太

容包羅萬象，但是都可以概括在父職（fatherhood）的大標題下（包括缺席父親），對於父親在子女眼中樣貌的探討也略有涉及，但是未單獨區分出來。到底父親在不同發展年齡層子女眼中是怎樣的一種存在？子女會從哪些角度來看待自己的父親？而所謂的「父親形象」會不會隨著發展年齡或是生活經驗而有變化？是怎樣的變化？

　　最契合本研究對於父親形象的定義是Karl Gebauer（2003）所陳述的：「每個男孩和女孩心中都有一個父親形象，這個形象源自他們和真實生活中的父親相接觸所獲取的體驗及母親對父親的重視程度，從這點可以看出，這個形象包含孩子幻想的成分，同時也是一個不斷變化的過程」（黃亞琴譯，2007, p.72）。由於真正貼近本研究所謂的「父親形象」的研究較少，因此在本章文獻回顧部分就以較相關的文獻做整理。首先呈現的是「父親是怎樣的一種存在」（包括父親的角色與功能、參與親職工作內容與轉變，以及父母親與子女互動的差異），其次為「父親的重要性」（包括父親的在與不在、父親缺席），接著是「父親形象與其影響」，最後是「排灣族群的社會制度與父親角色」（因為研究對象中有南部排灣族的原住民父親）。

一、父親是怎樣的一種存在？

（一）父親角色與功能

　　在子女眼中，父親是怎樣的一種存在？近年來國內外已經開始了研究父親的風潮，然而許多的研究是針對「父職」做探討，主要是了解父親這個角色的功能與實際，而不是對於「父親形象」的檢視，「父親形象」比較著重在個體主觀的看法與感受，或是Karl Gebauer（2003）所稱「內化」的父親模樣（黃亞琴譯，2004）。雖然這兩個

名詞在解釋上或有重疊，然而到底「父親」這個角色在子女眼中是怎樣的一種存在？會不會隨著不同的發展階段，父親的形象會有哪些變化？可以從哪些向度去形塑子女心目中的父親？

　　父親的形象可以是：創世父神（功能為創造生命）、地父（功能為撫養下一代）、天父（支配地位）、皇父（承擔前述天地二父工作），與二分父神（是父親也是母親）五種；而隨著孩子逐漸成長，父親形象從早期的完美威嚴，到父子關係的疏離矛盾，最後當孩子本身也為人父了、父子間就進入和解階段（Coleman & Coleman, 1988，劉文成、王軍譯，1998）。但是父親的樣貌應該不是這般單純可以歸類，因為不符實際，然而也似乎可以看出父親角色的轉變，也帶動了親子關係的改變。

　　從Erikson（1997）的發展理論觀點來看，成年階段面臨的發展任務有「傳承」（generativity），除了生物與族群延續的傳宗接代意義之外，還包括文化傳承，也就是價值觀與人生觀的傳承意味；然而Erikson（1997）的發展理論陳述的是個人的發展「任務」，只是說明成功與失敗的結果，未將可能影響任務達成的個人與周遭環境脈絡的互動考量進去（雖然他採用的是社會文化的觀點），例如在成年初期的父親與初生子女的關係，和進入青壯年期的父親與青春期孩子的互動可能不同，相對地也影響子女對於父親形象的描述與感受。相較於Snarey（1993, pp.20-22）將「傳承」區分為「生物上的傳承」（biological generativity，指孩子的誕生）、「社會性的傳承」（social generativity，指的是成為社會上年輕一代的良師、擔任教導的工作，是

生物上與社會性的傳承，主要指的是教養下一代的責任）有異曲同工之妙，而其中的「親職傳承」也可以用來說明父親角色或父職角色在生命歷程中的重要性與使命。儘管有這些理論上的區分，只有在近十多年的研究才慢慢看到父親角色的展現，其內涵包含生物、文化與社會面向。父親與孩子的關係模式還會有另一種傳承，也就是父親與自己原生父親的良性互動，會延伸到自己擔任父親角色時與自己的下一代有更良好的關係（Gebauer 2003, 黃亞琴譯，2007; Vaillant, 1977），或是因為感受不足、在自己擔任父職時做補償（陳安琪，2004）。這其實說明了一個簡單的道理：人類是有學習的潛能的，好的楷模可以做示範、不良的可以做警惕；現代的父親承接在傳統與現代的世代之間，也學會了以行動來為理想中的父職「發聲」。

　　傳統社會與心理學將男性定位為家庭與社會之間的媒介、提供家計，與擔任管教的工作（Levant, 1980），這些功能到目前為止幾乎還維持原狀，沒有太大的改變，這也就是Parsons與Bales（1955, cited in Levant, 1980）將男性與女性角色區分為「工具性」與「表達性」的主要原因，使得男性表現出來的父親形象就是疏遠、有賞罰權力的。然而Canfield（1996）的調查卻發現父親們認為最重要的父職技巧依序是：表現情感與愛、溝通、角色模範、家庭危機處理與管教（cited in Morman & Floyd, 2006, p.118），也許因為時代不同與需求變動，也讓父親們覺察到親職技巧彈性調適的必要性。此外，傳統心理學對於父親角色的描述在孩子嬰幼兒期付之闕如（Levant, 1980），而父親的角色似乎是在孩子五歲之後的發展階段才慢慢出現，父親的功能是協助兒子的角色學習，主要代表閹割的威脅，因此就會呈現較多懲處的意

味；溫暖的父子關係在孩子的發展上有正向加分的作用，相反的如敵意、拒絕，或是適應欠佳的父親則會有負面影響（Levant, 1980）。

　　雖然有研究顯示父親涉入親職工作有明顯增加，甚至有更多性別平權的親職分工與傳統角色倒轉的情形出現（Booth & Crouter, 1998, McBride, Brown, Bost, Shin, Vaughn, & Korth, 2005, cited in Matta & Knudson-Martin, 2006, p.20），但是許多研究的結論頗為一致：男性的養家角色仍占主要（邱珍琬，2004a；邱珍琬，2004b；黃慧森，2002），而以低收入戶尤然（Delgado & Ford, 1998, cited in Bronte-Tinkew, Carrano, & Guzman, 2006, p.257），女性即使出外工作，也只是補貼家用的性質，在經濟層面上是附屬地位（Land, 1986, cited in Tripp-Reimer & Wilson, 1991）。雖然婦女外出工作發展自我生涯的機會增加了，連帶地也讓家庭親職分工有了轉變，但是變動不大，也就是母親依然要兼顧家庭與職場的雙重責任（Pleck, 1979, cited in Tripp-Reimer & Wilson, 1991）。父親的親職角色停留在選擇性、偶一為之的暫時性，與陪伴孩子玩耍的娛樂性上，影響這個結果的原因有文化結構上的刻板角色、社會化過程中以女性為主要照顧者與負責人、勞動市場上的分配依然不利於女性生涯發展，以及社會政策的擬定與實施仍未脫離父權主義的觀念（王舒芸、余漢儀，1997）。

　　「父親」這個角色要在孩子呱呱落地之後才變成現實，但是依舊將母親視為主要照顧人，對於妻子親自哺乳的感受很不一致，雖然知道是必需，卻同時感受到自己的重要性降低，而夫妻感情會因為新生兒的誕生而更緊密（Fagersklod, 2008）。儘管已經有不少研究發現

子的情緒與智力發展都有極正向的影響，但是基本上父親依然習慣將自己定位在「有能力養家」（a competent "breadwinner"）的角色上（Pollack, 1998），而男性的性別理念（gender ideologies）可以預測其投入親職的多寡（Bulanda, 2004, Johnson & Huston, 1998, cited in Matta & Knudson-Martin, 2006, p.21），也就是越執著於性別分工或性別刻板印象的男性，願意投入親職工作的程度越低，倘若妻子對於丈夫育子的能力有信心，也會讓配偶更有意願投入親職工作，自其中獲得滿足感（Bouchard, Lee, Asgary, & Pelletier, 2007），而母親少批判、多鼓勵的態度會讓父親更願意參與親職（Schoppe-Sullivan, Brown, Cannon, Mangelsdorf, & Sokolowski, 2008）。如果男性的行為是以孩子為中心的，其分享家務與親職工作的意願亦增（Coltrane & Adams, 2001, cited in Matta & Knudson-Martin, 2006, p.22），而最有反應的父親是較有平權的性別意識、重視女性的工作、看到許多的選擇性、可以平衡權力與義務（indebtedness），以及與孩子情緒上的調和（Matta & Knudson-Martin, 2006, pp.31-32）。也就是說，父親的角色受到諸多脈絡因素的影響，其中包含了父親本身個性、母親個性、孩子特性與關係因素（Rane & McBride, 2000），也就是不能只要求男性做怎樣的一位父親，其父親角色的執行同時需要考量其他周遭的因素。

父親角色會隨著孩子發展年齡有不同功能的變化，包括保護、規範、戰士以及精神導師（Stoop, 1990，柯里斯、林為正譯，1995；邱珍琬，2004a, 2004b；吳嘉瑜、蔡素妙，2006），只是比重不同，這應該也受到子女的成長與反應不同的交互影響。父親的責任從工業革命時代前的道德導師或引導，到工業時代至經濟大蕭條時的養家者，然後

是1930到1940年代的性別角色模範，一直到1970年代中期開始的「新養育角色」（new murturant father）（Lamb, 2000, cited in Morman & Floyd, 2006, p.114），也可以一窺父親角色的轉變，而現代父親被要求擔任更多樣的角色，包括配偶、保護者、夥伴、照顧者、養家者、教師、角色模範與其他依不同家庭需求而產生的角色（Tamis-LeMonda, 2004）。

　　一項針對父親與父子所做的研究發現：不管是父親或兒子對於所謂的好父親條件是要有愛、可接近以及是一個角色模範；父親會強調養育慈愛的角色，而兒子則是認為給予自主是很重要的；父親們較強調好的角色模範、可接近性、是一位好聽眾與教師，兒子們則是認為適當地減少控制是最佳父親（Morman & Floyd, 2006）。父親角色被定位在「工具性」、養家、保護與管教的功能上居多（Finley & Schwartz, 2006）（也就是「天父」），儘管現代對於「新好男人」的要求可能影響到父親功能的界定，但是基本上父親還是受制於傳統社會對於男性角色的期許。父親的親職功能一直被忽視，主要是因為社會對其期許不同（如養家者、道德模範），造成父子（女）接觸時間比母子（女）相處時間明顯短少許多，使父職角色囿限於「玩伴」或「管教」者，屬「玩票」性質，但是重要性仍不可忽略。由於父親一般還是認為自己是養家活口、維持家計的角色，常常在工作完畢回家、就希望可以在家得到安靜與休息，也因此對於孩子的需求較沒有心力應對，對於孩子的管教也因此以「收效」為主而趨於嚴格（Stearns, 1990），甚至是採用經由妻子來「管教」孩子的代償方式（e.

作。這樣的循環，不只讓親子關係受到影響，也間接地將父親形象嚴肅化與疏離化。

（二）父親參與親職工作內容與轉變

父親的任務不是成為第二個母親，父母親之間存在的差異性有決定性的作用（Gebauer, 2003, 黃亞琴譯，2007, p.34）。也就是說父母親因為性別不同，其發揮的功能也不同，甚至有其意義與必要性。一項對於父職論述（discourse about fathers）的調查發現：儘管這些父親來自不同種族與背景，但是他們認為自己也夾在工作與家庭的衝突當中，希望擔任一個強有力又負責任的一家之主的角色，也分擔平等的親職工作（Brownson & Gilbert, 2002），然而這樣的陳述卻不吻合事實。父親在孩子出生後的前三年涉入親職的程度會因為孩子是男性，或是家庭經濟情況變動而增加（Wood & Repetti, 2004）；父親在孩子嬰兒期涉入親職工作較多，不僅減輕了母親憂鬱情緒、也舒緩孩子進入幼兒期的內化問題行為（Mezulis, Hyde, & Clark, 2004）；妻子期待丈夫涉入照護子女與父親本身知覺到其他父親的照護行為，二者會影響父親的照顧行為（Maurer & Pleck, 2006）。即便離異之後沒有監護權的父母親，青少年感受到母親較多的關注與探望，而無監護權的父親則會增加其在子女生活面向上的影響力（Gunnoe & Hetherington, 2004）。

不管家庭結構如何，父親積極參與孩子的教養工作，不僅減少孩子心理上的痛苦（Flouri, 2005），也影響子女的性別化（Levant, 1980）。父子（女）關係隨著孩子成長會有變化，也變得較為親密（Levant, 1980），而雙親關係品質會直接影響到親子關係之親疏

（Cummings & O'Reilly, 1997, cited in Krampe, Newton, & Child & Adolescent Services Research Center, San Diego, CA, 2006; Dickstein & Parke, 1988; Lamb & Elster, 1985），以及孩子對自我與他人形象的想像（Gebauer, 2003, 黃亞琴譯，2007, p.51）。雖然大部分的母親對於伴侶親職工作品質的滿意度不高（Russell, 1986），而婚姻關係對於父子關係的影響更甚於母子的關係（Dickstein & Parke, 1988; Lamb & Elster, 1985），是不是因為母親與孩子的親密較不受夫妻關係的影響，而一旦夫妻關係產生裂痕，母親較容易取得孩子的諒解與支持，使得原本就較不穩固的父子（女）關係受到波及？加上女性被視為弱勢，也可能左右孩子在雙親互動中的立場。

父親對親職的投入程度似乎呈現鐘型的趨勢（嬰幼兒與青少年期之後投入少）（高淑貴、賴爾柔，1988，Barnett & Baruch, 1987，引自徐麗賢，2005; Mackey, 1985），例如以高中、職階段學生與大學生族群來說，無論男女與母親關係還是遠勝於與父親之間的親密（邱珍琬，2004a；邱珍琬，2004b；黃慧森，2002），顯然是母子（女）相處時間更多於父子（女）接觸時間。父親角色也讓男性增加了對自我的了解、較能體會他人感受（Heath, 1978, cited in Snary, 1993），也許是因為當自己也擔任了「父親」的角色之後，不僅意識到肩上的責任，也更容易從父親角色去反思自己的言行，甚至在參照與上一代父親的互動中，理解更多自我面向。

Russell與Radin（1983）建議在做父職方面的研究時，可以就五個方面來探討：孩子出生時父親在場、父親有空閒程度、其在照顧孩子

（cited in Snarey, 1993, p.33），目前的研究結果發現：有四分之三的父親在孩子出生時會在醫院或生產現場，父親有空與孩子接觸的時間也增加為母親所花時間的四成左右，而分擔照顧孩子的時間也增加為每天兩小時以上；父親與孩子互動依然以遊戲居多、而且是大動作的活動；一項針對在家父親的研究，發現這些父親（相較於成年男子與大學男性）對於與子女關係與生活滿意度都較高，親職效能也很高，且較不符合傳統男性角色模式（Rochlen, McKelley, Suizzo, & Scaringi, 2008）。有研究（Morman & Floyd, 2006, p.128）探討父親本身與兒子對於「好父親」的定義發現：無論是父親或兒子都認為「愛」、「可接近性」（availability）與「好的角色模範」是最常被提及的前三項，只是父親方面強調「滋養」（nurturing）角色的同時，兒子卻認為父親「認可其自主性」（granting autonomy）是更重要的。現代父親似乎較之上一代，更願意涉入孩子的生活，只是其參與親職工作還是較為制式、刻板化，較少有突破，主要影響力應該還是在文化社會因素，甚至是政府政策。

對於嬰幼兒，父親常常做的有照護、給予溫暖、養育、生理照顧與認知刺激等項（Bronte-Tinkew, et al., 2006）；徐麗賢（2005）也發現父親投入的親職工作以學業指導、生活關懷、健康安全照顧、養成孩子獨立能力為主要。父親的教養工作做得最多的是陪孩子做活動或是遊戲，而在孩子年幼時有較多以活動方式與孩子互動的父親，雖然在孩子青少年時會減低類似這樣的共同活動，卻會增加對於孩子學業方面發展的支持（MacDonald & Parke, 1986; Snarey, 1993），可見父親也會因為孩子成長階段不同，做適度的教養重點調整。之前的研究

發現：有四分之三的父親在孩子出生時會在醫院或生產現場，父親有空與孩子接觸的時間也增加為母親所花時間的四成左右，而分擔照顧孩子的時間也增加為每天兩小時以上；父親與孩子互動依然以遊戲居多，而且是大動作的活動，然而父親擔任唯一親職責任的情形依然受到文化因素的影響，雖然不是顯然的多數，但是仍然具有重要的影響力（Snarey, 1993, p.34-37）。規範導向（就是採用威權人物價值觀）的父親表示較少的婚姻親密度，但是配偶卻表示其涉入親職工作較多，相反地，擴散導向（避免去搜集關於自我的相關資訊）的父親則表示涉入親職較多（Cook & Jones, 2007），這樣非預期的結果，似乎說明了父親將孩子作為自我的延伸（擴散導向），而一般母親仍然以傳統父親（規範導向）為一家之主的期待，這是不是也讓父職多了一些矛盾衝突？

　　縱使研究預測在二十一世紀來臨時，父親願意投入教養下一代的人數會增加，但是基本上媒體所揭櫫的「新好男人」畢竟還是極少數（Chapman, 1987; Larossa, 1988），這也暗示了一般社會或是職場上對於「市場行情」的一種錯誤（the market place's mistake），也就是要求事業的晉升必須以犧牲「家庭」作為代價的觀念（Pollack, 1998, p.130）。而近兩世紀以來，學術界對於父親角色的研究也慢慢從「功能性」角度慢慢延伸到親職投入、可接近性與了解孩子需求的面向（Lamb, Pleck, & Levine, 1985, 引自黃怡瑾、陳放子，2004），甚至到養育及關係能力的探討（Mattta & Knudson-Martin, 2006），也許就是發現現代父職的內涵與意義已超過傳統對男性的期許，甚至是

持著上一代傳統養家、懲戒與決策者的角色，卻也開始發展與子代較為親密與多樣的互動，有所謂的權力的「自我移位」現象（陳安琪，2004），也就是父親不會再堅持以往威權、管教的角色，願意放下身段，以另一種姿態與孩子做接觸。

既然父親主要的功能在讓兒子學習自己的性別角色，對於女兒的影響可能就在於「異性相處」的影響，這又似乎太侷限了父親的親職功能，經過時代的演進，父親是不是還拘泥於這樣的性別影響？而父親的愛不只影響孩子的發展，有時還比母親的影響力更大，對於孩子的身心健康或行為都有關聯（Rohner & Veneziano, 2001），這也說明了在一般情況下，孩子似乎與母親較親（因為教養工作主要是母親在執行），但是也因為如此，母親常常無法做出有效的管教結果，必須仰仗父親「偶一出手」、效果似乎較大，但同時也加重了父親被「邊緣化」的結果，也許是始料未及！到底是需要怎樣的誘因，還是對社會文化本身做一些改造？才可能使得父職不須停留在傳統的位階上？

（三）父母與孩子互動的差異

母親照顧孩子的能力為天生的這個假設，已經遭受到批判與質疑（Tripp-Reimer & Wilson, 1991; Frodi, 1980），父親與子女之間的互動是不證自明的（Mackey, 2001），所謂的「親職」已經不是女性的專擅，Silverstein等人（Silverstein, Auerbach, & Levant, 2002, p.363）甚至提議要將親職「去性別化」（"degendering" the parenting role），較吻合實際社會期待。

父親親職能力的缺乏主要是因為社會刻板印象、母親的角色堅持與疏於訓練的結果（Parsons & Bales, 1955, cited in Boss, 1980），此

外社會文化的「角色箝制」（gender role strain）（對父親角色的「矛盾箝制」——discrepancy strain，傳統上強調成就、提供家人物質生活的滿足，與子女關係疏遠、管教角色重於情感提供，也較少參與養育子女的工作上，與現代社會對父親的期待有顯著差異，逼得父親必須要在兩者之間取得平衡，卻不一定讓各方滿意）也是必要的考量（Silverstein, et al., 2002, p.362）。

　　國內針對父親與初生兒依附行為的研究發現：如果父親願意參與餵乳，其與孩子的依附行為與育嬰能力皆有增進，而父親與孩子之間的互動以探查行為最多、言語最少，但是對女嬰的言語行為會增加（陳淑芬、李從業，1998），也就是父親願意參與親職工作是培養其能力的一個主要因素，而父親對不同性別孩子的互動方式或有差異；此外父親本身的幼年經驗、父職技巧與性別態度是參與親職的有效預測指標（杜宜展，2004）。中國母親的嚴厲管教對於孩子的情緒管理影響較父親大，而父親嚴厲的管教則與孩子的攻擊行為有關，特別是對兒子而言（Chang, Schwartz, Dodge, & McBride-Chang, 2003）。這樣看來，父親與孩子互動還是深受孩子性別或是社會期待的影響（例如與兒子有較多肢體的活動，與女兒則是有較多言語上的互動）（Bronte-Tinkew, et al., 2006）。

　　父親與母親在與孩子的互動方式上有明顯的不同，比如說父親會鼓勵孩子去探索、冒險，而母親則是會禁止孩子這樣的活動，所以也可以說明父親的確比較傾向於成為孩子的「玩伴」，也就是較能發揮「活動」或「工作」導向的功能（Levant, 1980; Pollack, 1998）。就連

譯，2004），也可以說父親是「促發」，母親則是「約束」的角色；如果母親的功能是舒緩孩子的情緒，父親的功能就在於藉著較需要活動力的遊戲、激起孩子的情緒，讓孩子對情緒有更廣範圍的探索與了解（Pollack, 1998）；相較於父親，母親的教導方式較為溫和，而雙親對於較年長孩子的教導方式都較幼兒要溫和（Volling, Blandon, & Gorvine, 2006），也就是說父母親的這種搭配可以訓練孩子的情緒發展與自我控制（McClelland, 2001）。此外，父親的親職方式與孩子內化行為有關，母親的教養方式則與孩子的外化行為有關（Kaczynski, Lindahl, Malik, & Laurenceau, 2006）。

Shek（1998）針對香港中學生對父母親管教方式的調查，發現父親一般反應較少、要求亦少、少關心，管教也較為嚴厲，相較於其他文化研究發現父親對待孩子沒有男女之別（Snarey, 1993），而照顧的品質也不遜於母親（Mackey, 1985）的結果有差異。還有其他研究結果發現父親對於處於青春期不同性別的孩子、其親密度不同，父親一般會較認同兒子、也認為自己較有涉入兒子生活的知能，可能是得自兒子正面的回饋較多之故（Bronte-Tinkew, et al., 2006, p.260）。父親認為與兒子的關係較之與女兒要容易處理，主要是因為不太了解女兒的需求為何（Radin & Goldsmith, 1983, cited in Hanson & Bozett, 1985）；也許是因為父親對於與自己同性別的兒子較為了解，也容易同理。但是父女之間的關係有異於父子，不只是因為「女兒是父親前世的情人」，也沒有傳統社會裡「男男親密」的禁忌，研究發現恐同症的男性視原生父親較為嚴厲、反對跨性別的行為（Devlin & Cowan, 1985, p.468）。父親的關愛行為對於男孩子的認知發展有極為正向的影響，

對於女兒這方面的影響則較不明顯（Easterbrooks & Goldberg, 1984），這也隱含了父親將男性的社會期許傳承給下一代的表現。

有一項以父權社會的巴基斯坦青少年為對象的研究，發現有酗酒或藥物濫用的青少年對父親性格的描述較為負面，其實也顯示了親子關係欠佳的事實，然而是否因為親子關係不良導致偏差行為？目前尚不能斷定這樣的因果關係（Shah & Aziz, 1994）有研究指出（Roberts & Zuengler, 1985, cited in Hanson & Bozett, 1985）：父親與孩子的關係會隨著孩子成長而有所變化，通常是朝較為親密的方向（Levant, 1980; Pollack, 1998; Roberts & Zuengler, 1985, cited in Hanson & Bozett, 1985），而現代父親不僅希望可以擺脫以往父親的被動形象、希望與孩子更親近，事實上與上一代父親相形之下，他們與孩子已經更為親密（Pollack, 1998）。

父親對待與管教子女的方式，可能因為自身與子女性別不同之故而有差異，這中間涉及了社會性別的不同期待與要求，以及父親對於性別不同子女的熟悉度與同理。「親職」傳統上是以母親為主要負責人，父親角色被定位在「工具性」、養家與保護者的功能上，也間接地影響父親在親職功能的訓練與發揮。儘管現代對於「新好男人」的要求可能影響到父親功能的界定，但是傳統社會對於男性（包括父親）角色的制約還是根深蒂固，想要突破這一層阻礙，還需要有持續與後繼的努力。

二、父親的重要性

（一）父親的在與不在

　　王珮玲（1993）整理文獻歸納出父親角色對於兒童在性別角色、道德、智力與成就，以及社會能力與心理適應等方面發展的重要性，說明了父親角色在這些面向的影響情況，而性別化（約束與限制性別刻板印象）、道德與智力成就的督促（包括行為管教與課業的注重）是許多研究的共同結論，而社會能力與心理適應與父親願意放手讓孩子去嘗試、練習較有關聯。儘管父親的重要性已經慢慢經由文獻揭露，然而Heath（1978）的長期研究卻發現許多男性不將「父親」列為自我成熟過程中的重要角色，而這些男性的妻子也認為她們的丈夫常常心不在「家」（cited in Tripp-Reimer & Wilson, 1991），也許這些父親只是複製了自己父親的行為模式而不自知，但是也突顯了男性對於父親角色的期許還是停留在傳統「養家」上，其主觀的重要性也彰顯於此。

　　誠如Jim Herzog（cited in Pollack, 1998, p.124）的「渴望父愛」（father hunger）情況，主要是因為感覺被遺棄，而其原因包括死亡、離異、單親母親家庭的孩子、收養、父母的上癮行為、虐待，與傳統父職（Erickson, 1998, 陳信昭、崔秀倩譯，2002），也就是傳統的保守父親與孩子的距離也會讓孩子有「被拋棄」的感受、而在心上留下創傷。渴望父愛與渴望母愛都是因為失去或是失功能所促發，沒有因為失去哪一方影響較少，這其實說明了一個家庭的成員都有其角色與功能性，當然家長的職責是最重要的。如前所述，如果母親的功能是舒緩孩子的情緒，父親的功能就在於激起孩子的情緒，讓孩子對情緒

有更多的探索與了解（Pollack, 1998），兩者相輔相成，各有其擅場之處。

　　有研究者（Krampe et al., 2006）將父親的存在（presence）加以詮釋，父親的存在不只限於同居，還衍伸到心理上的層面，也就是對子女的態度、行動與關係品質上（p.161）；Riesch、Kuester、Brost與McCarthy（1996）曾經訪談近四百位不同族群的父親，了解他們印象中的父職，發現六個主題（依序為原生家庭的界限設立情況、父母親的存在與接近性、遵守個人還是家庭的指導原則，以及家庭成員間的溝通技巧），其中的「存在」包括了生理與情緒的接近性（physical and emotional parental availability）（p.19）。雖然生理上的存在並不是最重要，然而不可否認的，一位父親在家庭裡還是有其重要「正統」或「法律」地位，不僅是象徵性的表示一個家庭的完整（an intact family），還有對於子女的意義。現代父親有許多是因為工作或其他因素長期住在外地，未與家人相聚在一起，其是否可以讓子女感受到他的「在」與關愛，是子女最關切、也最重要的。因犯罪入獄的父親們，會因為受刑而損害其對於自己父親身分的認同與發展，當然也傷害了親子關係（Dyer, 2005）。Magaletta與Herbst（2001）針對美國監獄內有一半以上受刑的父親，他們因為空間距離與聯絡方式的限制，很難執行其父職，是另一種的「父親缺席」，而這個限制卻也是治療難得的好機會（對這些受刑人來說，可以是其自新的絕佳動力），而受刑的父親們卻也容易因為監獄的「男性」刻板氛圍而盲目地執行傳統父職。Magaletta與Herbst（2001）也強調：子女要的父親是「可接近

與Lewis（1980）從父親是否出席第一次晤談來看全家持續接受心理治療的可能性，發現父親的出席的確有重要影響，這可能也反映了父親對家庭重要決定的影響力，然而許多父親卻認為治療只是情緒宣洩，無助於孩子功能恢復。

　　父親角色隨著大環境與時代的變遷，雖然有些微的改變，但是基本上還是以經濟、提供保護的功能居要，其重要性也表現在對於子女行為與發展的影響上，特別是「管教」與行為的約束，研究文獻似乎喜歡放在父親在子女生活中「存」或「無」的比較上，而一般比較會注意到父親對於兒子的影響，特別是性別角色的學習，但是卻較少提及父女之間的顯著影響。綜觀這些研究的結果，不免讓人會想問：為何許多孩子的偏差行為或不適應與父親缺席有關？難道父親的「實質」存在（physical present生理上出席）具有其他的重要作用？父親的「重要性」以存或不在為研究基準，似乎太單向，並沒有做對照組的研究（如母親不在與父親不在的相對組）；即便是父親存在，但是其重要性的發揮到底如何？才是一般大多數人想要了解的。

（二）父親缺席

　　不少研究以反向操作的方式，研究「父親缺席」對於家庭或子女的影響，發現沒有父親的男孩子容易有偏差行為或是心理疾病的表現，但是並沒有得到一致的結論（黃富源、鄧煌發，1998；Anderson, 1968, Herzog & Sudia, 1972, cited in Tripp-Reimer & Wilson, 1991; Pollack, 1998）。Santrock（1970）的研究證實了孩子在出生到二歲之前若沒有父親在身邊，與其他相同發展階段的孩童相形之下有許多表現較為遜色，包括信任、羞愧等（cited in Snarey, 1993）；而一項調

查發現：單親母親認為父親可以提供兒子最重要的是「性別角色」與「遊戲活動」，而許多母親也都認為男孩子生活中缺少父親角色其影響是比較嚴重的（Stern, 1981）；缺席父親對兒子的影響可能造成對父親形象的迷思，以及對自我認同的真空感，也使得母親成為兒子了解父親的守門員（Wark, 2000），因此不免會有錯誤或個人偏見的滲入；若父親經常缺席，父子關係就會缺乏信賴，孩子就會出現攻擊行為（Gebauer, 2003, 黃亞琴譯，2007, p.53）。沒有父親在身旁的女兒，容易較早與人發生性關係、性行為較為活躍，也容易淪為被性侵害對象（Ballard, 2001），這些表現都屬於外化行為，而內心層面卻較少觸及，也就是說性別會影響父職的執行（Nydegger & Mitteness, 1991, cited in吳嘉瑜、蔡素妙，2006, p.143），而也再度說明了父親在「管教」上的重要性，也暗示著父親對兒子而言是一個學習的角色楷模，對女兒則是保護功能。

　　離異之後未與青春期孩子同住的就業父親，反而會更參與孩子的生活，雖然外祖父與孩子同住一處，也不會減少父親的參與度（Danziger & Radin, 1990）。吳嘉瑜與蔡素妙（2006）的研究發現：父親外派對年幼孩子影響較大，男女性對於外派生涯的看法反應不一，女性重在關係的維繫，男性則認為是增長見聞與磨練能力的好機會。父親的形象在孩子眼中「不夠鮮明」，可能是因為父職參與的方式沒能讓孩子感受到其重要性（p.164）。即便父親不在身邊（或是沒有父親），孩子心目中依然有父親的位置，而象徵意義的父親是由母親所構築的，真實父親則是靠父親自己努力、獨立從母親那裡獲得自己的

　　父親不在身邊（如不同住、死亡），孩子心目中還是有屬於父親的位置，只是這個父親形象較抽象、有許多幻想或是傳說的部分，也許是藉由母親或相關親友的描述與事件敘說，較難有公允的刻劃，若雙親是經歷過醜惡的離異，與孩子同住的家長不一定對另一位家長有公平的描述，因此孩子必須要自己去尋找更多關於父親的事蹟與故事，甚至可以經由諸多管道進一步描繪出較完整的父親圖象。

　　由於中國文化的特殊性，使得女兒與父親之間的關係較為疏遠（Ho, 1987, 引自葉光輝、林延叡、王維敏、林倩如，2006）；我國傳統的父親角色較威權，父子關係由於倫理上對下的期待，相當謹守分寸。父子或是父女的關係應該是雙向互動、相互影響的（Parke, 1981），儘管許多父親體認到自己渴望與家人有更親密的接觸，但是又希望達成社會對其角色的穩健期待，因此倍感壓力（Filene, 1986）。葉光輝等人（2006）就「渴望父愛」議題對高職女生做研究，在「高渴望」組裡因為因應方式不同表現出「強制」與「防衛」兩種亞型，似乎不是我們樂見的結果。徐麗賢（2005）發現大陸台商以指導課業、表達關懷、健康安全照護與培養子女的自立能力為主要關切，這也表示「距離」會讓父親感受到未能發揮父職，也期待可以補足親職功能，而很重要的是這些父親希望自己對子女的關愛可以傳達、甚至被子女接收到。

　　關於缺席父親的研究，較多出現在離異家庭，而研究結果也朝向負面影響的居多，例如在行為與學業上的困擾（Teachman, Day, Paasch, Carver, & Call, 1998）。此外父親缺席家庭的孩子，不管是男性或女性，基本上在青春期都較之同儕發育更早（Bogaert, 2005）；Perkins

（2001）在調查大學女生與父親之間的關係，也發現沒有父親的女性有疏離與被父親誤解的感受。由於男性罪犯遠遠高於女性，也導致許多孩童面臨父親缺席的事實，而對於雙親之一入獄的孩子來說，似乎有性別上的差異，男孩比較多向外宣洩（acting-out）的偏差行為出現（如嗑藥、飲酒、逃家逃學、攻擊或敵意行為，甚至是犯罪），相對地女孩就較多向內宣洩（acting-in）的行為（如退縮、做白日夢或惡夢、表現孩子氣、懼學、哭泣或學業表現低落等）（Fritsch & Burkhead, 1981），但是這可能是傳統親職工作分配（即父親負責管教、母親負責照顧）下的觀察結果，或是突顯原來就存在的性別社會化差異。

其他研究針對失功能家庭，尤其對施虐家庭做研究較多，結論也提到來自父親缺席家庭的女性，通常在與異性關係上會出現問題，包括選擇施虐或拋棄妻小的伴侶（Secunda, 1992, cited in Perkins, 2001），在認知發展與學業表現上也較為落後（Grimm-Wassil, 1994, cited in Krohn & Bogan, 2001），進一步影響其在高等教育上的發展（Krohn & Bogan, 2001）；而對男孩而言，與人互動、男性形象等都受到負面影響（Beaty, 1995; Mandara, Murray, & Joyner, 2005），男孩因為沒有男性楷模可茲效法，因此在男性氣概的表現上稍遜於雙親家庭的同儕，而父親缺席家庭的女孩，卻也因為母親仰賴之故，表現出較多的男性特質（Mandara et al., 2005）。

父親缺席的理由不管是因為遺棄或是拒絕，父親缺席的原因、孩子受到的影響，以及家人的反應這些重要議題都會觸及（Stokes

理穩定與母子／女關係的穩定性是相關的（cited in Lowe, 2000）。美國非裔家庭中也常常是女性當家，因此家中長子就常常成為缺席父親的替代，也承受過多的壓力與期許，這在家庭治療上就產生了所謂的「界限不清」（Lowe, 2000）。父親若是非自願缺席，其子女在依附需求上就較為欠缺，越早失去父親的孩子對其發展影響更大（Brown-Cheatham, 1993），如Grimm-Wassil（1994）就比較父母離異與父親過世的女兒，前者的行為問題出現在引人注意與紊亂的異性關係上，後者則是害怕與異性接觸、對父親看法較為正向（cited in Krohn & Bogan, 2001）。Boss（1980）發現儘管軍人父親不常在家，但是其「心理上的出席」（psychological presence）卻是預測妻子與家庭功能的主要指標！

當然也有研究探討父親缺席的優勢，只是相形之下較為稀少，包括讓孩子更能獨立、負責、早熟，容易滿足、與人合作（Finn, 1987, McCarthy, Gersten, & Langner, 1982, 引自吳嘉瑜、蔡素妙，2006, p.144），也較有韌力與正向的自我觀，珍惜與人互動的價值、覺察他人感受較敏銳，也較有決斷力（Laidlaw, 1999）。只是這些正面特質是不是因為情境使然下的「不得不」或「生存之道」？需要進一步探討。

既然缺席父親的象徵性意義依然存在、甚至受母親影響甚大（Gebauer, 2003, 黃亞琴譯，2007, p.54），也說明了一個重要的事實——雙親的關係會影響親子關係，因為親子關係不能自外於所處的關係脈絡與環境。父母關係良好，自然會讓子女與父親關係更佳，反之若父母關係疏離，也會複製或重現在子女與父親的關係上（Cummings

& O'Reilly, 1997, cited in Krampe et al., 2006, p.163; Dickstein & Parke, 1988; Lamb & Elster, 1985）。

　　父親角色隨大環境與時代的變遷，雖然有些微改變，但基本上還是以經濟、提供保護的功能居要，其重要性也表現在對子女的行為與發展的影響上，父親缺席對於整個家庭與子女都是遺憾，雖然有些是非自願性的缺席（如死亡、在外地工作、軍人、入獄），子女依然期待父親形象的完好，畢竟自己是父親的血脈，而孩子更在乎的應該是父親「心理上」的出席，也就是說父親有心、也願意分擔親職，即便形體上未能長伴或相聚，至少讓孩子覺得自己是被愛與關照的。

三、父親形象與其影響

　　一般父親在孩子眼中的形象是趨於嚴肅、疏離、傳統的，隨著孩子成長，父親的影響也朝向不同面向發展；儘管研究顯示父親並沒有像母親一樣將自己的父親角色看得這般重要，但是也發現許多父親的確希望與家人更親密的需求，只是礙於自身時間與養家職責、母親的間接阻撓（對於父親育兒技巧的要求、照顧的角色定位），還有社會期待因素與壓力等，不能讓父親隨心所欲發展親職功能。這樣看來，父親的角色是被邊緣化的，因此常被歸類為孩子「玩伴」與施行「懲罰」的功能上。

　　以往父親形象出現在童書裡的比例較少，六零年代之後出現較多，也看到父親形象的轉變之一斑（Flannery Quinn, 2006）。Karl Gebauer（2003, 黃亞琴譯，2007, pp.266-305）訪問了十六位父親（年齡介於38歲到65歲之間），也

期階段），是為自己將來的父親形象準備了發展空間；（二）父親角色的發展是極為主觀的，也受到許多因素的影響；（三）從童年到成人階段，我們不斷地對父親的內在形象進行檢驗、加工、甚至更改，若加工成功，其發展就更具獨立性；（四）早在青春期，年輕男性就已經開始對他們要遵循的父親形象進行修正；（五）與父親之間的正向經驗就是父親給予的安全感、穩定的關注，即便在這樣情況下，男性還是會做嚴格修正與批判，期待自己與原生父親的區分（所謂的「裂變」）；（六）穩定的男性身分是父親角色的前提，若是缺乏父親或其他男性人物的情感關注，會阻礙男性與其本身父親身分的發展；（七）男性若是未能自原生父親處得到情感關注，也可能自其他資源（如子女、手足、祖輩、母親或延伸家庭與他人）那裡獲得彌補，其自身的父職表現也可能會與原生父親迥異；（八）倘若可以將與父親之間的積極體驗（這些積極體驗不一定是個人親自接觸到的，而是經由他人傳輸或提醒也可以）內化，即便父親不存在了，也無損於其正面的父親形象形成；（九）一位男性若對父親不了解，也不會有思念之情，內心可能因此有空洞與失落，但個人本身卻未察覺；（十）除非個人可以真正認識父親，才可以適當地與父親告別，因為個人是由父親而來，自我身分與父親身分是聯結在一起的；（十一）盡職的父親主要是因為他將其孩提時代所缺的部分情感給予孩子；（十二）男性內心裡要有一個「夠好」的父親，才可能產生一個「具承載能力」的內在父親形象；（十三）男性身分不是透過聲明而產生，而是需要一個內在的發展，也因此女性的挑剔眼光非常有用；（十四）男性必須要有男性榜樣及他與這個榜樣的分歧作為參照，才

會發展出專屬自己的、獨特的父親形象：（十五）父親沒有情感品質，也未能讓孩子感受到關愛，父親形象就缺乏鮮活性，也會封閉兒子通向其情感的入口。因此Gebauer（2003, 黃亞琴譯，2007, p.71）認為男性身分的發展是未來父親角色存在的基礎，只有在與男性榜樣接觸之後，才可能有這樣的經驗，倘若父親這個角色沒有情感品質、甚至扼殺了孩子的心理空間（如控制的父親），而且沒有其他替代角色的出現，那麼兒子就不太可能有完整（或承載能力）的內在父親形象，對其未來擔任父親的能力會有影響。

青春期是男性對父親角色嚴苛考驗的時期，有兩大力量在青春期最明顯：一是回歸，這是一種與父親的理想化有關的渴望，二是對未來獨立的渴望，如果找到改變父子關係之道，父子關係會慢慢走向成熟（Gebauer, 2003, 黃亞琴譯，2007, pp.64-65）。

父親形象不是靜態的，而是需要經過實際互動而更形鮮明，而且會隨著孩子發展階段與歷練有所更新與修正。父親形象有其理念上的意義與實質上的意義，即便是生理上的存在也有象徵性涵義，但是最重要的還在於父親在子女心目中的「主觀」性存在。

Part 6

如何決定研究方法

　　研究方法就是**協助我們找到或發現答案的系統性步驟**。要採用哪一種研究方法？量化、數字的統計？還是質性的訪談、蒐集文獻資料來閱讀與分析？或者是合併採用質化與量化兩種研究方法？都取決於你／妳的**研究目的（與對象）**。量化研究通常是蒐集許多的資料或數字，使用標準化或自己編撰的量表、調查表（不管是上網或是紙本的）進行施測，得到一些數據用來做分析，分析的結果可能會**推翻或支持**你／妳原先的研究假設，因此量化的研究通常是在**短時間內蒐集大量資料**的最好方式。質性研究通常是比較主觀的資料蒐集工作，因為不是用數字，而是以事實或陳述的內容為目標，當然訪談資料的蒐集也有「飽足」（也就是說獲得的資料已經**一直重複**、沒有新的資料時，就可以停止收集）的限制，所以質性研究的對象可能很少數（甚至只有一人──所謂的「個案研究法」）或者到達一定的數量，相較於量化研究參與對象就少了很多。

　　選擇質性研究，可能比較適合進行**深度了解**的研究，因為問卷的

與者的感受或爲何會有這樣想法的整個過程及原因。

　　許多對於量化或者是質性研究不清楚的學生，可能因爲害怕數目字、逃避統計，因此就決定選用質性研究，或誤以爲質性研究的對象只有幾位，應該比較容易掌握。事實上，每位研究者都需要對這兩種不同的研究方式有基礎的了解，這樣在閱讀研究文獻時會比較簡單、易懂，而且儘管研究所都提供了基礎的研究方法、量化統計及質性研究的課程，但是事實上這些課程在做實際研究的時候都遠遠不足，因此研究者必須要進一步去深入了解自己所要使用的統計方法，或者是質性探究的方式，才能夠讓自己的研究順利進行，將資料做妥適分析。

　　使用量化的統計方式，除了要知道使用適當的量表（最好是標準化的量表，有些人會自編或是修正他人的量表），再則就是了解你／妳所要蒐集的資料結果想要做怎麼樣的比較？進一步去了解可以使用的統計方式爲何？比如說最基本的就是人數多少、性別百分比的統計，如果你／妳想了解研究對象會不會因爲性別、年齡、職業、學歷、宗教信仰、社經背景、年資多寡或族群的相異而有不同反應，就必須要使用其他的統計方式（如Chi Square）。因此統計不需要去背公式，只要知道你／妳要得到什麼樣的結果，就可以循線去找適當的統計方式來運用，也可以請教老師。現在的統計有許多好用的套裝軟體（如SPSS）可以採用，因此只要讓電腦去跑數字，你／妳只要鍵入（key in）資料數據，它就會跑出結果來，最重要的是**如何分析與**

解讀這些結果？

　　不管是量化或者是質性研究方法，都需要牽涉到兩個研究方式——**資料蒐集**的方法與**資料分析**的方法。量化研究可以採用調查（也就是採用量表或調查表）的方式蒐集資料，質化研究可能採用的資料蒐集方式是訪談或者是閱讀歷史文件；量化的分析方式就是用統計，而質性研究的資料分析方式可能有不同的內容分析。

　　通常研究生完成論文第三章（研究方法）時，也就是要提出論文計畫（proposal）的時候。一般學校規定在論文計畫提出到最後論文完成之間，必須要經過三到四個月的時間，也就是研究生本身自己要拿捏：在最後論文提出口考的申請之前，是不是有足夠時間可以完成論文的第三、四、五等章節？第三章「研究過程與方法」的部分，研究生要在論文計畫所提出的一些框架之外，還要加上一些血肉（細節部分），讓第三章更具可讀性。接下來的第四章「資料分析與討論」——在量的研究方面，包括問卷的發放與收集、鍵入資料，然後讓統計程式來跑結果；質的研究可能是要將訪談做完、逐字稿完成之後做歸類分析，因此在實際進行論文時，資料蒐集與分析是最花時間的，研究生也需要不斷地閱讀相關的方法論，才足以做分析與解釋的動作。

　　一般說來，是根據研究目的來思考研究方法，而且多數研究者會

導向的研究，因此會從蒐集相關資料、定義問題開始，然後擬定解決方法，進而依據解決之成效做成果分析。

■ 研究方法那一章怎麼下筆

許多研究生對研究方法的理解，通常是**邊讀邊學**，當然請教有經驗的研究者和老師是最便捷的方法，然而請教或諮詢老師，有時候可能因為時間上較為不容易配合、機會較少，因此**自己閱讀**其實是最便捷之道（本書最後會列出一些建議的研究方法參考書目）。

許多研究生在寫「研究方法與過程」這一章的時候，通常會去參考其他學長姐和博碩士生完成的論文，但是因為**自己對於研究方法不理解**，所以常常是用**抄襲**的方式（也就是將對方的研究方法以「照本宣科」的方式如法炮製下來），卻不了解他／她為什麼這樣寫？如果學生去看一些論文的研究方法，可能會看到許多雷同之處，以這樣的方式撰寫研究方法這一章節，其實容易犯下剽竊的危險。此外，只流於表面書寫，無助於自己在真正進行研究的時候需要注意的細節。

關於研究方法與過程的撰寫，我會建議學生除了去閱讀比較優質的論文，看他／她研究方法的書寫方式之外，還需要自己去找想要採用的資料蒐集與分析方法論的書籍，一步步做了解，若有任何疑問都可以提出，與老師互相交流。我自己當年在做博士論文時，所要採用的統計方式在詢問過系裡的兩位統計老師仍然得不到結果之後，就自

己去別的系所（如統計所）請教其他老師，後來甚至自己另外買書來看，一步步做研讀並進行。過程雖然辛苦，但是自己也學習到不同的統計方式，很有成就感、很值得。

研究方法裡面的「資料蒐集方式」中，量化研究還要加入抽樣方式、爲何採取此抽樣方式、如何進行抽樣等，若是採用他人所發展的量表或測驗，也都要列出信、效度的數據；倘若是自己研發量表，取樣方式、內容分析與信效度都要一步步謹慎將事，才可讓所研發的測驗或量表具可信度。有關量化與質性研究，也必須要交代研究者本身具備有哪些資格（如上過的課程、所受的訓練，或是實際經驗——如擔任過計畫執行或研究助理）可擔任適當的資料蒐集者或訪談者，質性研究的資料蒐集方式可以是訪談、資料分析或是田野調查等等，也都需要許多合格的背景，用以說服讀者——研究者是有資格做這個研究的。然而光是修完一些課程還不足以擔任研究者，尤其是研究所碩士班的方法論課程都是較爲入門的，倘若研究者參與過研究計畫、擔任過教師的研究助理，甚至自己也做過若干相關研究或發表過研究成果，其說服力就更大。

研究步驟或是分析方式，最好能夠**舉出實際論文研究裡的案例做說明**，這樣也可讓審查委員更清楚研究者的作爲，若是有疑義，委員們也會協助或提醒研究生修正或注意。量化研究所採用的統計方式也

訪談內容分析示例：

逐字稿內容	開放編碼	主軸編碼	選擇編碼
你說叛逆期跟風暴期，其實我跟我父母親都沒有衝突到。	不同住，少了衝突可能性	青春期與雙親關係	父子關係
（若同住）看你頭髮弄這樣、衣服穿這樣就「抓狂」（台語）了！對不對？你每天回來看他那個樣子、看了就想要罵人。	猜測雙親對於目睹自己青春期可能的反應	青少年期言行價值與雙親的可能差異	父母親價值觀
國中、高中就沒有（與雙親同住），（然後）結婚就（在）外面住。	少接觸，也少了衝突之可能性	青春期就離家外宿	與父親接觸時間
如果講難聽一點就是「相敬如賓」嘛，很客氣、然後很尊敬對方。	彼此敬重與不熟悉	青春期之父子關係	父子關係
所以我結完婚是一個衝突點很大的地方，就是家裡，因為把我老婆帶進我原生家庭裡面來，老婆的一些觀念很衝擊到我們家裡面，對小孩子的管教問題是最常（發生）的。	結婚後發現的觀點差異	結婚之後的家族差異——價值觀不同	管教態度
媽媽的教養方式跟老婆的教養方式，哇，好像天南地北。所以這個對我來說是一個很大的引爆點。	母媳教養方式差異	兩代教養差異	教養方式
老婆常常覺得說小孩子不該這樣放任，而且小孩子都懂、你要教他，而不是像爸媽都「啊就『小漢』（台語『年幼』）啦，不要緊啦」。	老婆認為孩子要教、父母則是較放任	父母與妻子教養方式對比	教養方式

逐字稿內容	開放編碼	主軸編碼	選擇編碼
她（妻子）的家庭是這樣，她的成長背景也是一板一眼，然後東西收好，離開（前）電燈關掉、水龍頭關緊，我們家是不來這一套啦。	夫妻兩家的教養方式	教養差異——約束與放任	教養方式
像我們家爸爸媽媽不會說抽屜要關好，（妻子）衣服夾到抽屜、這樣露出來也不行，啊我是無所謂啦。	妻子與自己的習慣不同	教養差異	教養方式

二　可否做先驅研究

　　基本上所謂的「先驅研究」（pilot study）是在論文計畫通過之後進行小研究，以作為自己正式研究的體驗與必要修正之用。像是若要訪問十人，可能先就已擬好的研究問題訪談一位，可以了解訪談過程中的困難，或是訪問題目的適當性，然後先做修正，這樣在正式進行十位參與者的訪談時，會比較順利。然而，現在許多研究生在論文計畫通過之前就已經先做了「先驅研究」，甚至將「先驅研究」的結果也納入正式研究中，為論文嚴謹把關的指導教授不會讓這樣的情況發生。

Part 7

資料蒐集

問卷設計、發放與收回

許多學生是以問卷或量表方式進行資料蒐集，不管是使用他人所發展的量表或測驗，或是自己根據他人編製的量表或測驗加以修正或改編，都需要先得到原作者的同意（並將同意書或證據放在論文附錄中），要不然會有法律問題。自己編的量表或測驗有一些必須遵守的程序，也要注意。

若是使用與教育相關方面的問卷，有時候必須要請託學校代為發放、讓學生填寫，但是學生不一定願意認真填寫，所蒐集到的資料就較難達到預期的目的。現在許多家長、學生，甚至學校單位也不太願意讓大學生或研究生進入校園發放問卷（因為只是協助調查、沒有實際回饋），加上目前對於參與研究者有倫理的考量（如研究者的資格、潛在參與者可拒絕、研究可能會造成傷害等），許多學生設想的過程並不一定能如願，這時候指導教師的人脈或聲望，以及指

經驗，可能會引發受訪者的舊創或是身心不舒適，此時研究生就必須要有預防的方式與處理策略。

許多研究生（者）現在會祭出一些酬賞（如餽贈小禮物），讓問卷回收率增加，親自拜訪學校師長協助，或者是親自去施測，與研究參與者搏感情。問卷的設計長短要適當，不少研究者所設計的問卷太長、題目過多，也削弱了研究參與者的填寫動機，加上現在許多中小學生喜歡用電腦打字或勾選，研究生也需要跟上潮流。當然以電腦在線上填答問卷也會有風險或問題（如填寫者身分造假、填寫答案的真實性），研究生可自行找相關書籍了解，在此不贅述。當然問卷的設計與編排很重要，題目不要太多，用詞遣字也要注意符合填寫者的認知與程度，因此自己設計與編制問卷，就要先經過許多程序以確保問卷的品質。此外，問卷發放完要如何回收也是學問，附上回郵信封固然是可以的，但還是要麻煩對方去郵局交寄，自己親自去收回、順便致謝，也是不錯的方式。問卷發放之後最困難的應該是催問卷的回收，研究生若是要拜託對方協助，因此問卷是否已經填寫完畢，或是已經準備寄出等，這些時間的拿捏都要注意。

訪談進行與謄寫資料

進行訪談也是蒐集資料的方式之一，目標對象的設定、如何邀請可能的參與者？接著要進行訪談。訪談地點、時間與次數要如何敲

定？訪談過程中要注意哪些事項？將訪談內容轉成逐字稿要自己來還是請別人做？要如何確認訪談內容無誤？如何答謝受訪者？有沒有必要給予受訪者錄音檔、逐字稿或最後完成的論文？

　　質性研究訪談過程很重視訪談者的立場（所謂的「存而不論」），因為每個人都有自己的價值觀與立場，身為一位訪談者要如何客觀而不過度涉入、避免自己的偏見與價值觀妨礙了資料的蒐集與解讀等，都有需要注意的事項。每次訪談完的逐字稿最好立即找時間謄寫、整理，不要拖沓，要不然資料累積過多、時日延宕過久，對於訪談當時的許多環境與資料的了解就不那麼清楚。若是研究者自己謄寫逐字稿，等於是重溫當下訪談的現場，許多忽略或是需要留意的細節可以重新想起，也對受訪者與其敘說內容感受較深。雖然研究者在訪談現場也會將一些觀察及疑問用札記方式記錄，以補訪談之不足，或是後來分析解釋之用，研究者自己謄寫逐字稿還是有許多好處。

質性研究的特色（Stiles, 1993, cited in McLeod, 2003/2006, pp.117-118）：

- 個人化的接觸和覺察

- 過程導向

- 脈絡性覺察

- 彈性的設計與抽樣

- 反思性

- 賦能（對研究參與者有所助益）

- 對於知識採取建構論（「真實」是社會建構的結果）

Part 8

結果分析與討論

在資料分析的部分，有些學生是用既有的理論來分析資料，這樣很容易用理論來「框架」（或限制）資料，反而讓資料失去了重要的價值。這就像是拿製造餃子皮的模子，讓每一塊餃子皮都一模一樣，但是我們做研究的目的，不是為了「背書」（或支持）理論，而是需要去檢視與挑戰理論在不同時代（或文化）的適用性、以及需要改善的為何？畢恆達（2005, p.27）也提到：「研究者會被既有，但不相干的理論所困住。研究者可能會因此發展先入為主但不相干的問題，而讓研究的方向出岔。」

曾有學生在提論文計畫時就希望以家族治療理論的「次系統」做分析，我當初提醒她不要把自己的論文「做小了」，況且既存的理論基本上是讓我們後學者挑戰與修正的對象，我們不需要去「印證」或「背書」既存的理論或觀點，但是這位同學沒有聽進去。更慘的是：她的論文因為生活中陸續出現的狀況而嚴重耽擱，因此她要在修業期限最後一週內提論文口試，其指導教授也「只好」配合，但

兩天，而論文章節都尚未完成，簡直亂七八糟！但是學生堅持要口考，指導教授也不忍拂其意，催促我們要「成人之美」。我們這些口委發現我們在學生論文計畫發表時所建議與提醒的，她都沒有放在心裡，包括我要她不要把論文「做小了」以及「不必替理論背書」的部分！我要她修改後再一次口考，但是其指導教授不同意，還百般拍胸脯保證。我當然可以讓學生不及格或拒絕簽字，但是她的指導教授保證讓她改好，結果學生的論文就這樣通過了。我在收到學生最終論文版本時，簡直不敢相信，因為學生基本上是沒做任何修改的，我當然對這位指導老師的信任度也嚴重打折扣！後來幾年後，這位學生特別登門道歉與道謝，說了許多自己未能好好做論文的家庭與工作因素，但是對我來說已經無關緊要了。

質性研究的資料分析通常要找另一位分析者一起進行，彼此對於某些編碼或是概念歸類是否一致？可以一起商議與協調共同的認定觀念，也可增加資料分析的可信度；此外將完成的訪談故事或內文交給資料提供者（或受訪者）檢視，也是確認信度的方式。

不管是量化或質性研究，很重要的是要**將研究結果與第二章所呈現的文獻做對照或對話**，許多做量化研究的學生都忘記這一塊，使得其第二章與「研究結果」是呈現分開、無關的狀態，這也是論文最忌諱的部分，因為研究者必須要將自己目前所做的研究與之前前人所做的結果做參照比較，看看結果的同異、如何解釋，也可供後來的研究者清楚目前此議題的研究進展與結果。

　　畢恆達（2005, p.89）特別提到勿讓資料「分析」變成「分類」，也就是需要更深入去理解、分析與解讀或批判，我自己寫的論文自忖也還未能達到這樣的水準，但是可以慢慢進步，即便是學術界的研究者，也需要繼續進修與練習，讓自己的論文更好。

Part 9

撰寫結論與建議

　　「結論」是要將第一章的研究問題做回答，不管是分條陳述或是以臚列方式呈現，都要將研究者之前所提的研究問題一一作答。我也發現許多做量化研究的同學，常常在「結果」的部分出現這樣的文字：

　　研究假設一獲得支持，A與B呈正相關，顯著達.001。

　　研究假設二獲得部分支持，A與B略呈正相關。

　　老實說這樣的結論不僅讓人看不懂（即要讀者往前翻到研究問題處），也是不負責的。研究生可能認為會看他／她論文的都是受過學術訓練或是屬於自家領域者，因此這樣寫就可以交代了，殊不知論文上傳國家圖書館後，閱讀大眾就是一般人，因此必須要使用讓一般人都可以明白的文字做說明。所以以上例來說，若在每一句「學術」的陳述之後，加上一般人可以了解的白話文做解釋，這樣的結論就容易

　　「建議」是隨著研究結果而來，因此要切實確實，不要誇大或浮誇，也不要抽象、不切實際。研究生做完論文，就是那個問題（論文主題）的專家，因此其所提的相關建議──不管是對於未來的研究者及研究方向──都是很重要的，當然有些研究是針對社會現象（如教師縮編、少子化、科技對教育的衝擊）為目標，也會在「建議」部分給予現職教師、家長或社會政策擬定者一些建議，此時就要特別注意──不要讓建議誇大不實（像是：「政府應該擬定獎勵生育政策」或「減少教師培育課程」），因為不實際、也較無功能。

Part 10

論文要寫到什麼程度才可以喊停？

　　一般學校會在學生提出論文計畫後，給學生三至四個月完成研究及論文，倘若需要做實驗（如生化領域）的，可能時間更長。因此，大部分學生是在提出論文計畫（基本上是論文前三章——緒論、文獻探討及研究方法與過程）之前就已經清楚自己研究對象與研究進行方式，有些甚至已經聯絡好參與對象，以及進行的時程（如何實施測驗或訪談）。論文進行中第二章「文獻探討」需要花費較多的時間閱讀與整理，接下來的「研究方法與過程」也較為耗時，實際進行資料蒐集（發放與回收問卷、訪談或田野考察）與資料分析（跑統計、解釋結果或謄寫逐字稿、分析資料與編碼）也需要一段時間，這些林林總總所需時間可以與指導老師商議，然後給自己較為充裕的時間來完成。

　　論文終有完成的一天，即便指導老師很「機車」、要求多，但是總是會寫完，寫得滿意與否學生自己心裡有數，因此論文該寫到什麼程度，指導老師的意見固然重要，但最終還是研究生自己決定。指

一 論文可能會不通過

學生論文的第一個把關者是指導教授，因此指導教授指導下的論文品質非常重要。學生可以從先學者身上學會最重要的寫作祕訣，研究方法是最重要的，一般指導老師也不會藏私、會盡力協助學生完成論文。然而，是不是只要寫完論文就一定會通過？那可不一定！指導教授的工作是協助學生完成論文，沒有哪一位老師想要擋學生的前途，然而還是有學生無法畢業，最主要原因是未能在修業期限內完成論文寫作與口考，其他就是論文無法獲得認同、通過。

論文未能通過，主要是因為：

1. 學生的態度與目標不對：學生想要在規定期限內完成論文，但是又不願意花心思與功力去完成，因此草草了事，論文品質就讓人不忍卒讀。

2. 學生並未依照議題延請適當的指導老師：有學生不敢請較有專業或標準較高的老師指導，於是就會邀請「高抬貴手」的「好老師」擔任指導教授，若是指導老師自己或許就不清楚這些議題，能指導置喙的不多，一切就隨學生自己做決定，這樣很容易在論文寫作過程中出現問題卻沒有人發現。

3. 指導教師要強行讓論文通過，但口委有人不同意：有些學生有「權威迷思」，認為只要自己找的指導老師「夠大」就可以「罩得住」自己，所以是躲在指導教授後面，不願意為自己寫的論文負

責任。之前有位老師碰過一位學生，其論文是跟著指導教授的計畫在做，指導老師也沒有詳讀其論文，口試當天口考委員問的許多問題、包括論文內的許多數據，學生都答不出來，指導教授也很尷尬，但很努力罩學生，還是強行要讓學生通過論文口試，口考老師中的一位認為太扯，不願意簽名。

4. 願意把關的指導教授：有些指導老師非常盡責，認為學生的論文不及格，就可以直接當掉學生；有些學生在口試之後一個月內的論文最後修正時間，不願意就口考委員與指導教授商量過後的意見做補強或修正，指導老師也可以不讓其通過；有些盡責的指導教授不會在口考當天在論文第一頁上簽字，而是直到學生修正完竣，或論文修正差強人意之後才會簽名。

二　把握論文修改的最後一個月

通常論文會經過兩道關卡才算完成，一是論文計畫的口試，然後是論文完成之後的口試。當然許多研究生在面對幾位口試委員的時候，會有焦慮或緊張情緒，擔心自己無法回答委員所提的問題。其實，當研究生完成一篇論文時，他／她就是**這個題目的專家**，會回答的就據實以告，不會的也誠實說不會，老師們並不會刁難，委員們只是想要趁這樣的機會來更深入了解一個議題，與研究者交換意見。

論文可能是你／妳畢生唯一的著作，是不是會更謹慎將事？學生可以跟指導教授好好討論，將口試委員所提出的意見做**適當的修改**（不一定要依照意見全部做修改，有時候口試委員的意見可能不一致），如果你的口試委員是相當專業的、在業界有聲望的，他們的建議通常會讓你／妳的論文更有質感及可讀性。這段期間也是研究生與指導教授密切聯繫的時段，老師要仔細檢視學生修改的部分，有任何疑問也需要做溝通與協調，等到論文完成之後，研究生要指導教授之授權將論文電子檔傳至國家圖書館，論文的紙本要交給指導教授、口試老師與學校圖書館或系所等，才完成整個流程，接著才可接續辦理畢業與離校手續。

也請記得在將論文上傳國家圖書館之前，務必要一字一字地詳細閱讀自己的論文、包括參考文獻要逐一對照，確保自己的論文錯誤越少越好，要不然一上傳，可就定案、來不及修改了！曾有學生在上傳國圖之後，發現自己論文中有錯字，扼腕至極！

Part 11

進行論文注意事項

一 論文寫作是一段過程

論文寫作是一段過程，不管這個過程有甘有苦、有短有長，終必會結束，但是學生自己要抱持著一個信念，那就是「我最終都會完成論文」。有不少人接著會考慮到論文到底品質如何？這就是指導教授的責任、也是學生必須要付出的努力，因為光是靠指導教授一人是不足以為論文品質把關的，必須要學生也想要把論文寫好才行。

二 需要將論文題目一直放在腦中

雖然論文的題目不是最終版，但是暫定的論文題目（有關鍵字）可以讓我們在蒐集文獻資料，甚至在思考研究方法的時候，有很大的提醒作用。隨時把論文題目放在腦中，也可以催促自己動腦思考、動筆去寫，維持進度，順利完成論文。

三 讓論文進行固定有進度

　　寫論文碰到瓶頸是正常。如何讓自己能夠持續寫下去到完成，有時候光靠自己一個人的力量與意志力還不夠，因此如果在碩士班或博士班期間，幾位朋友或同學可以組成一個論文寫作的「自助團體」，大家定時聚會，可以彼此支持、幫忙、打氣，甚至督促進度，也是很棒的交流機會，同時感覺到自己不是孤單一人。加上同儕之間如果有一些新的資源出現，也會提供給你；有人可以聽你講，大家抱怨一下，甚至謾罵一番，對於情緒上的紓解與壓力都有益處。但是也要注意：不要將焦點只放在情緒的抒發上，還是要一步去討論若是碰到一些問題，可以怎麼解決？多一些人可以幫你想，其實就是很棒的。

　　要讓論文固定有進度是很重要的。這樣子自己就不會一直在原地踏步，沮喪跟憂鬱的情緒就不會產生。即便今天的時間很少，只能看半篇研究論文，那也是一個進度。自己平時生活中，或是等待約會時間，隨身攜帶一個小筆記本，有什麼想法就可以用筆記下來。現在有手機更方便，可以把自己的想法錄下來，等到回到家或有空檔時，找一個僻靜的地方，可以重新聆聽與整理這些思緒，這些都是協助自己論文前進很棒的方法。當然，這也與有效的時間管理有關。

四　每一篇研究論文都對研究領域有貢獻

　　不管最後論文的結果如何，都對研究領域有貢獻，因此做量化調查研究也不要刻意去玩弄數字，或是認為自己的研究結果若無顯著相關就沒有貢獻，事實上你／妳的研究都會給後來的研究者一些重要的參考價值，勿妄自菲薄。

　　做研究是為問題找答案，因此**誠實呈現**研究結果很重要。承續上述所言，有些研究者為了要彰顯自己的研究結果很好，或是讓自己先前的假設成立，而竄改數據，這樣不僅違反學術倫理、誤導後來的研究者，也可能讓自己的聲譽受損（未來的許多研究若證明你／妳的研究有誤，對自己的聲望也損傷很大）。許多指導教授偶而會上網到國家圖書館，去看看自己指導學生的論文被引用的次數，雖然被引用的次數不足以彰顯學生論文的品質，但是可以略微了解學生研究的貢獻度。

五　要注意研究的「適文化性」

　　有些研究會因為文化的不同而解釋的情況不一樣，因此在使用時要非常地小心，倘若研究者本身沒有文化的敏銳度，也許就直接套用理論或者是研究結果、與自己所做的研究做比較，這樣可能會落

化」（維持個人獨立自主與家庭親密關係之間的平衡）的議題，但是「親職化」基本上跟我們國家傳統的孝順倫理會有一些扞格，而「自我分化」與我們文化的集體主義又有所不同，因此在做相關研究時要特別留意。

我們也碰過一些學生想要將所讀的理論運用在他 / 她的研究結果上。譬如將「家庭治療」的理論應用在對於研究參與者的家庭分析上，但是這樣用理論套在研究結果的方式，通常會窄化了研究結果——也就是會將很豐富的研究資料用理論的框架上去，反而切割掉許多豐富、有價值的資料，最後這篇論文也無價值。我常常提醒學生：我們做研究不是用來為理論背書的，而理論的存在是需要一再地檢驗與驗證，才會成為更好的理論。像是精神分析學家佛洛伊德的理論，經過了近百年的許多驗證與研究，有些觀點被修正、有些觀點被強化，這就是研究的本質。

六 在提出論文計畫之前，就需要選擇口試委員。

即便只是論文計畫的口委，有些學校會希望校外老師參與，而在正式論文口試的時候，通常都會有一到兩位的外校口試委員參與。有些學生是因為老師會幫他 / 她選擇與邀請口試委員，所以就全權交給老師處理，老師選擇口委也有其考量：到底是要讓學生的論文品質好？還是讓學生過關就可以？如果是前者，指導老師通常在選擇口委

的時候，會找與學生所做論文題目有過研究或專長的老師，或者是對學生所使用的方法論有專長的老師擔任，這樣研究生趁著提出論文計畫的時候，還可以有許多修改的空間，而這些口試委員的責任就在於：讓學生論文進行順利、使用適當的研究方法，以及提點在論文進行過程中有什麼需要注意的地方。

在多年來選擇口試委員的過程中，我發現有幾個現象：學生會希望老師替他／她擔任口委的選擇及邀請工作，但是學生通常不知道老師為什麼要選擇這些人？因此通常在選擇口委之前，我會跟學生商議與說明，我對選擇口委的考量；有些學生會詢問指導老師要選哪些人擔任口委、然後進行邀約，更多的學生是考量口試老師的評分標準嚴鬆與否、而非專業考量。如果口試老師一向是比較嚴厲的、給分較苛的，研究生當然就不選擇這些老師。當然也有指導老師邀請了八竿子打不到（與學生論文主題或方法毫無關係）的人擔任口委，藉此做人情。

七　留意與遵守研究學術相關倫理

全世界尊重人權的趨勢，也導致了對於做研究者的一些倫理上的約束，包括最簡單的是得到參與者的同意、不傷害研究參與者。因為是以此對象是人（不管是用問卷或訪談等方式），就應該要尊重其意

的規範，有些學校還特別設有「倫理委員會」來審視學生或教師的研究計畫，因此學生做研究也應該要了解相關的研究倫理議題、確實遵守，若有任何的疑義，都可以找指導老師或其他老師及法律人諮詢。

Part 12

寫論文碰到瓶頸時該如何？

　　由於論文寫作是一個漫長的旅程，因此在過程中不免會碰到一些阻礙或者是問題，這個時候該怎麼辦？

　　1. 你可以找指導老師討論一下目前所遭遇的困難，彼此腦力激盪一下，看該如何解決？指導老師會憑其經驗給予一些建設性意見或者讓你的情緒能夠穩定一下。

　　2. 可以成立撰寫論文的支持團體。如果在碩班時，可以約三五同學成立類似的支持團體，平常沒碰面時，彼此之間用LINE或臉書等方式來聯絡、打氣，或者是碰到問題的時候，可以提出來，聽聽其他人的意見如何？感覺自己不孤單。偶而也可以找時間固定聚聚，聯絡一下感情。

　　3. 可以找諮商師談一談。基本上，諮商師本身也做過論文，因此也了解整個撰寫論文的過程與可能的困難及挑戰。諮商師或許會提供一些有用的資訊，至少有人可以聽你／妳談一下、發洩一下情緒，重整一下思緒，也是好的。

的路程，然而其收穫卻讓你／妳永生難忘。「熱情」與「堅持」是撰寫論文過程中的關鍵條件，然而也因爲專注在研究上，可能會有壓力、情緒累積等結果，因此必須要注意好好照顧自己，不管是心理（含情緒）、身體與生活的面向。寫論文也需要好體力，不要因爲撰寫論文就忽略了日常生活中的關係經營、休閒活動與睡眠品質。

Part 13

論文寫作小撇步

一 磨練基本的筆下功夫

因為論文完成之後，需要上傳到國家圖書館，因此要假設讀者是一般大眾，不一定是做研究或在學術界工作的人，因此論文作者的筆力就很重要，如果文筆流暢、讀來容易理解，論文的點閱率會增加。有些學生誤以為會讀他／她的論文的只有一些研究生或者是老師而已，事實上不然！

有些學生在選擇研究方法上，因為要逃避，所以做了錯誤的選擇。像是，如果他們很害怕統計，於是就規避了量化的研究，轉而選擇質化的研究，但是質化的研究一樣需要資料蒐集及資料分析的方法，而其資料分析是更瑣碎、更需要許多方法論的基礎，在撰寫質性論文的時候，更需要很好的筆力。

一般學生在表達自己的想法時，比較沒有問題，然而若要寫作，其高下立判！有學生寫的跟說的一樣，非常平實白話，但是也

佳，我們比較擔心的是前者。學生自己習慣了自家的寫作方式，往往無法看出來哪些是不合邏輯或需要改善之處，因此有必要去找一位自己也不熟悉的讀者諮詢、給點意見。有些學生標點符號使用不恰當（如常用句號或頓號），也會影響讀者閱讀。現在學生手寫的機會少了，幾乎是靠電腦「撿字」，倘若自己又沒有做檢視，指導老師看到的通常是很奇怪的文章、要修改的也很多，徒然浪費了許多時間。美國有所謂的「語意編輯」（read proof），論文指導老師也不遑多讓！

二 有想法就寫下來

撰寫論文過程中，因為常常將論文放在腦海中，因此經常會有一些有關論文的思緒或是靈感出現，不妨隨手準備一本筆記本在身邊，可以隨時記錄（手機也很方便）。每天也花一點時間在電腦前面，把平日寫下的心得或寫法打在電腦裡，有時候在正式寫作時都用得上。即便有些想法可能不成熟，這都沒有關係，至少有想法，就可思以改進。

三 請他人閱讀你／妳所寫的內容

在每一次交給指導教授看之前，可以請朋友或自己信任的人將你／妳的論文先預覽過一遍，看看有無邏輯、有沒有不理解或不通順之

處，這樣指導老師讀來也較順利，要更改之處也可能較少，節省了許多時間。

四　多閱讀可增創意

　　針對論文主題的閱讀可增加自己對此議題的了解，其他領域的閱讀則可增加我們的創意。之前提過，閱讀也可以協助我們找到有興趣研究的題目，而持續地閱讀還可以拓廣自己的思緒、有更多的創意或新想法出現。

質性研究方法閱讀建議

中正大學教育學研究所主編（2000）。**質的研究方法**。臺北：麗文。

王勇智、鄧明宇譯（2003）。**敘說分析**（*Qualitative research method, Vol.30, by Riessman, C. K., 1993*）。臺北：五南。

朱儀羚、康萃婷、柯禧慧、蔡欣志、吳芝儀譯（2004）。**敘事心理與研究：自我、創傷與意義的建構**（*Introducing narrative psychology: Self, trauma & the construction of meaning*, by Crossley, M. L., 2000）。嘉義：濤石。。

吳芝儀譯（2008）。**敘事研究：閱讀、分析與詮釋**（*Narrative research: Reading, analysis, and interpretation*, by A. Lieblich, R. Tuval-Mashiach, & T. Zilber, 1998）。嘉義：濤石。

齊力與林本炫（主編）（2003）。**質性研究方法與資料分析**。嘉義：南華教社所。

洪志成、廖梅花譯（2003）。**焦點團體訪談**（*A practical guide for applied research* (3rd ed.), by Krueger, R. A. & Casey, M. A. (Eds)., 1998）。嘉義：濤石。

陳向明（2002）。**社會科學質的研究**。臺北：五南。

連廷誥、連廷嘉與連秀鸞譯（2006）。**認識諮商研究**（*Doing counselling research*, by J. McLeod, 2003）。臺北：心理。

畢恆達（2005）。**為什麼教授沒告訴我？**臺北：學富。

歐素汝譯（2000）。**焦點團體：理論與實務**（*Focus groups: Theory & practice*, by D. W. Stewart & P. N. Shamdasani, 1990）。臺北：弘智文化。

張君玫譯（1999）。**解釋性互動**（*Interpretive interactionism*, by N. K. Denzin, 1989）。臺北：弘智文化。

蔡敏玲、余曉雯（譯）（2003）。**敘說探究：質性研究中的經驗與故事**（*Narrative inquiry: Experience & story in qualitative research*, by Clandinin, D. J. & Connelly, F. M., 2000）。臺北：心理。

蔡敏玲（2002）。**教育質性研究歷程的展現：尋找教室團體互動的節奏與變奏**。臺北：心理。

潘淑滿（2003）。**質性研究——理論與應用**。臺北：心理。

賴文福譯（2000）。**民族誌學**（*Ethnography: Step by step*, by D. M. Fetterman, 1989）。臺北：弘智文化。

鄭同僚（審訂）（2003）。**教育研究的批判民俗誌——理論與實務指南**（*Critical ethnography in educational research-theoretical and practical guide*, by P. F. Carspecken, 1996）。臺北：高教出版社。

蕭瑞麟（2017）。**不用數字的研究**。臺北：五南。

謝臥龍主編（2004）。**質性研究**，271-316。臺北：心理出版社。

Atkinson, R. (1998). *The life story interview: Qualitative research methods series 44.* Thousand Oaks, CA: Sage.

Bloor, M., Frankland, J., Thomas, M., & Robson, K. (2001). *Focus groups in social research.* London: Sage.

Bogdan, R. C. & Biklen, S. K. (1992). *Qualitative research for education: An introduction to theory and methods* (2nd ed.). Needham Heights, MA: Allyn & Bacon.

Crossley, M. (2007). Narrative analysis. In E. Lyons & A. Coyle (Eds.), *Analyzing qualitative data in psychology* (pp.131-144). London: Sage.

Denzin, N. K. & Lincoln, Y. S. (Eds.)(1994). *Handbook of qualitative research* (pp.361-376). Thousand Oaks, CA: Sage.

Druckman, D. (Ed.)(2005). *Doing research: Methods of inquiry for conflict analysis* .Thousand Oaks, CA: Sage.

Elliott, J. (2005). *Using narrative in social research: Qualitative and quantitative approaches.* London: Sage.

Greenbaum, T. L. (2000). *Moderating focus groups: A practical guide for group facilitation.* Thousand Oaks, CA: Sage.

Hollway, W., & Jefferson, T. (2000). *Doing qualitative research*

Josselson, R., & Lieblich, A. & D. P. McAdams (Eds.)(2003). *Up close and personal: The teaching and learning of narrative research*. Washington, D. C.: American Psychological Association.

Lieblich, A., Tuval-Mashiach, R., & Zilber, T. (1998). *Narrative research: Reading, analysis, and interpretation*. Thousand Oaks, CA: Sage.

Rubin, H. J., & Rubin, I. S. (1995). *Qualitative interviewing: The art of hearing data*. Thousand Oaks, CA: Sage.

Strauss, A., & Corbin, J. (1990). *Basics of qualitative research: Grounded theory procedure & techniques*. Newbury Park, CA: Sage.

參考書目

邱珍琬（2010）。**父親形象與其轉變**。臺北：五南。

邱珍琬（2012）。批判思考與教學——以南部大學生為例（手稿）。

連廷誥、連廷嘉與連秀鸞譯（2006）。**認識諮商研究**（*Doing counselling research*, by J. McLeod, 2003）。臺北：心理。

畢恆達（2005）。**為什麼教授沒告訴我？**臺北：學富。

Goodwin, K. (2017). *Raising your child in a digital world-Finding a healthy balance of time online without techno tantrums and conflict.* Sydney, Australia:Finch Publishers.

國家圖書館出版品預行編目(CIP)資料

論文Easy寫：告訴你撰寫論文的眉眉角角／邱
珍琬著. -- 二版. -- 臺北市：五南圖書出
版股份有限公司，2023.03
面；　公分
ISBN 978-626-343-806-4（平裝）
1.CST: 論文寫作法
811.4　　　　　　　　112001311

1HOX

論文Easy寫：告訴你撰寫論文的眉眉角角

作　　　者 ― 邱珍琬（149.29）

發 行 人 ― 楊榮川

總 經 理 ― 楊士清

總 編 輯 ― 楊秀麗

副總編輯 ― 王俐文

責任編輯 ― 金明芬

封面設計 ― 王麗娟

出 版 者 ― 五南圖書出版股份有限公司

地　　　址：106台北市大安區和平東路二段339號4樓

電　　　話：(02)2705-5066　　傳　　　真：(02)2706-6100

網　　　址：https://www.wunan.com.tw

電子郵件：wunan@wunan.com.tw

劃撥帳號：01068953

戶　　　名：五南圖書出版股份有限公司

法律顧問　林勝安律師

出版日期　2018年8月初版一刷
　　　　　2023年3月二版一刷
　　　　　2024年4月二版二刷

定　　　價　新臺幣320元

經典永恆・名著常在

五十週年的獻禮 —— 經典名著文庫

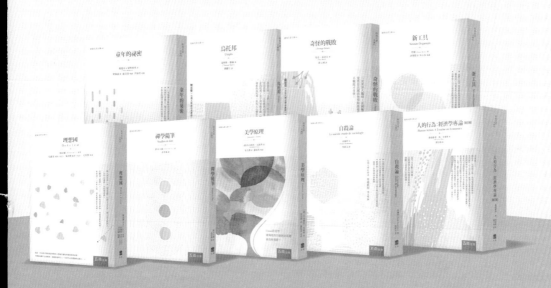

五南，五十年了，半個世紀，人生旅程的一大半，走過來了。

思索著，邁向百年的未來歷程，能為知識界、文化學術界作些什麼？

在速食文化的生態下，有什麼值得讓人雋永品味的？

歷代經典・當今名著，經過時間的洗禮，千錘百鍊，流傳至今，光芒耀人；

不僅使我們能領悟前人的智慧，同時也增深加廣我們思考的深度與視野。

我們決心投入巨資，有計畫的系統梳選，成立「經典名著文庫」，

希望收入古今中外思想性的、充滿睿智與獨見的經典、名著。

這是一項理想性的、永續性的巨大出版工程。